나는
40
에
사춘기가
왔다

나는 40에
사춘기가 왔다

ⓒ 이다애, 2023

초판 1쇄 발행 2023년 4월 26일

지은이   이다애
펴낸이   이기봉
편집   좋은땅 편집팀
펴낸곳   도서출판 좋은땅
주소   서울특별시 마포구 양화로12길 26 지월드빌딩 (서교동 395-7)
전화   02)374-8616~7
팩스   02)374-8614
이메일   gworldbook@naver.com
홈페이지   www.g-world.co.kr

ISBN   979-11-388-1827-8 (03810)

우리를 술 푸게 하는
것들에 대하여

나는 40에 사춘기가 왔다

이다애 지음

좋은땅

목차

나를 술 푸게 하는 사랑

결포자와 연포자 사이 •12

내가 결혼을 못 하는 이유 •14

철벽녀의 최후 •15

아수라 백작 •16

로마의 로맨스① •18

로마의 로맨스② •20

고백! GO? BACK? 해도 후회, 안 해도 후회라면 해 보고 후회하자! •22

전남친의 법칙 •23

내 거인 듯 내 거 아닌 내 거 같았던 당신 •24

소개팅의 굴레① •26

소개팅의 굴레② •28

이상형 •30

사라지는 것에 대하여 •31

버리지 마 •32

희망고문 •33

이별의 무게 •34

이별 후의 착각 •35

이별후애 •36

갈증 •37

이별 몸살 •38

당신이 싫어하는 짓 •39

변화 •40

거짓말 •41

놓아주기 •42

이별 정당화 •43

미안해 •44

안아 줘 •45

눈물 •46

파도 •47

가지가지 •48

이유 •49

신호등 •50

불면증 •51

대나무숲 •52

이별 후의 일상 •53

절대 불변의 법칙 •54

우리의 속도 •55

변명 •56

거리 두기 •57

미련 •58

이별 다이어트 •59

아무리 해도 익숙해지지 않는 것 •60

세상에 좋은 이별은 없다 •61

아니라면… •62

비밀연애 •63

생화와 조화 •65

무기력 극복법 •66

종이 한 장 •67

지우개 •68

이별 드라마 •69

너도 좀 아파 주라 •70

지나고 나면 알게 되는 것들 •71

사랑과 이별 •72

네 생각 •73

변해 가기 •74

얼마나 알고 있나요? •75

연인 •76

이별 •77

미안 •78

상처 •79

선 •80

홀로서기 •81

감정 널뛰기 •82

벨소리 •83

다시 한 번만 •84

나를 잃지 말자 •85

최근 이별 •86

셀프 쓰다듬음 •87

후회하지 말자 •88

좋은 데 이유 없고 싫은 데 이유 없다 •89

문득 •90

우연과 운명 •91

냉정과 열정 사이 •92

커리어우먼 속 연애고자 세포 •93

남과 여 •94

남의 연애에 참견하지 말자 ① •95

남의 연애에 참견하지 말자 ② •96

첫사랑의 환상 •97

MZ들의 사랑법 ① •99

MZ들의 사랑법 ② •101

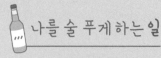

나를 술 푸게 하는 일

혹시 여기 군대인가요? • 106

작가 아니고 JOB가 • 107

세상에 나쁜 프로그램은 없다 • 109

I가 E로 변하기까지 • 110

BTS를 알아본 선견지명 • 112

여의도 찌라시 • 113

식상한 질문 • 114

갑질의 최후 • 115

세상 쓸데없는 걱정 • 117

아이러니 • 118

이중인격 • 119

내가 네 후배가 아니라서 다행이야 • 120

뭐라도 해야지 • 122

제2의 직업이 필요해 • 123

시집이 직장은 아니잖아요 • 125

난 아직도 모르잖아요 • 126

일로 나간 해외 • 127

지랄 총량의 법칙 • 128

리얼리티의 세계 • 129

Next Level • 131

나를 술 푸게 하는 인생

일찍 일어나는 새가 피곤하다 • 134

한정적 부지런함 • 135

무너진 추억 • 136

생각 분리수거 • 138

소확행 • 139

자존감 올리기 • 140

나 자신 칭찬해 • 141

우리는 모두 멋있다 • 142

인간극장 • 143

처음이라서 • 144

나에게 좋은 사람 • 146

자존심 덜어 내기 • 147

사과 • 148

무소유 • 149

단톡방을 읽지 않는 이유 • 150

아프니까 인생이다 • 151

수고했어, 오늘도 • 152

마스크 속 세상 • 153

어제, 오늘 그리고 내일 • 154

철벽녀들의 도장 깨기 • 155

술또라이 ① • 156

술또라이 ② • 158

술또라이 ③ • 160

낮술의 묘미 • 161

애주가의 멋 • 162

어차피 썩어 문드러질 몸 • 163

혼자 있고 싶지만 혼자 있기 싫어 • 164

회식도 끼리끼리 • 165

행복의 기준 • 166

인생의 속도 • 167

보통날 • 169

결정의 책임 • 170

알리고 싶지만 몰랐으면… • 172

미래 예측자들 • 173

이해하려 들지 말자 · • 175

에필로그 • 176

나를 술푸게 하는 사랑

결포자와 연포자 사이

　해가 갈수록 결혼을 포기하는 사람들이 점점 늘어나고 있다. 속박 받지 않고 자신의 삶을 사는 것이 더 중요한 사람들이 늘었기 때문이다. 20대 초반의 나는 27~28살에는 결혼을 해서 결혼을 하고 행복한 가정을 꾸릴 것이라고 막연하게 생각했다. 20대 초반이 바라보는 20대 후반의 나이는 멀어 보였기에. 하지만 지금 나는 불혹의 나이가 다 되었고 그때 그 생각이 참 어렸구나 싶다. 많은 사람들이 묻는다. "혹시 비혼주의자야?" 난 비혼주의자는 아니다. 따지자면 '결혼을 굳이 해야 하나?'라는 주의랄까. 누군가의 결혼식과 결혼생활을 보면 부러워야 결혼 생각이 든다는데 난 누구의 결혼식과 결혼생활도 딱히 부럽지가 않은 것을 보면 결혼은 글렀나 싶기도 하다. 결혼해서 이미 아이들이 장성한 막내이모가 몇 해 전, 능력이 되면 혼자 사는 게 좋을 것 같다고 나에게 말을 하자마자 우리 아빠에게 욕을 한바탕 먹었다. 이모가 되어서 결혼하라고 하지는 못할망정 좋은 거 가르친다고. 그런 아빠가 이제는 나에게 결혼에 대해 얘기를 안 하신다. 명절에 이모들이 언제

시집가냐, 언제 국수 먹게 해 줄 거냐는 질문을 할 때마다 아빠는 조용히 말씀하셨다. "처제, 이제 나도 그런 말 안 해." 어쩌면 아빠는 이제 포기하신지도 모르겠다.

결혼은 포기했다고 해서 연애를 포기한 건 아니다. 누군가를 사랑하고 사랑받기 원하는 건 인간의 기본적인 욕망이니까. 세상이 흉흉해 데이트 폭력과 가스라이팅, 스토커 같은 미친놈들이 날뛰는 뉴스에 친구는 말했다. "내가 저런 것들 만날까 봐 무서워서 아무도 안 만나는 거야"라고. 친구야, 변명하지 마. 그냥 만날 남자가 없을 뿐이겠지, 일부러 안 만나는 건 아니지 않니?

내가 결혼을 못 하는 이유

결혼을 못 하는 게 아니라 안 하는 거라고 말한다.

하지만 생각해 보면 못하는 이유가 있다. 한 사람을 평생 동안 사랑할 자신이 없어서다.

이 말을 들은 아빠는 너만 특별한 사람이냐며 다들 그렇게 한 사람과 평생을 사는데 왜 너만 한 사람과 평생을 살 자신이 없냐고 말씀하셨다.

연애를 1년 넘기기도 힘든데 평생을 같이 산다는 건 얼마나 대단한 일이겠는가. 정으로 산다, 애 때문에 산다, 의리로 산다고 해도 그것 또한 굉장한 일이라고 생각한다.

그래서 결혼을 안 하는 게 아니라 못 하는 것일지도 모른다고 오늘도 이유를 만들어 본다.

철벽녀의 최후

나는 굉장히 무뚝뚝한 편이다. 엄마가 딸이랑 팔짱 끼고 마트 장 보는 게 소원일 정도로 애정 표현에 약하다. 물론 이는 남친에게도 해당된다. 애교 거부 반응이랄까. 남친 눈에는 귀여워 보일 때도 있긴 하겠지만(눈에 보이는 것이 없을 시점에). 이런 철벽 때문에 연애 시작 전부터 파투 난 적이 있다.

한 모임에서 연하의 훈남을 만나게 되었고 서로에게 호감이 생겼다. 그는 나를 누나나 작가님이라고 부르지 않겠다고 단호하게 얘기했다. 심장이 나대기 시작했다. 하지만 술만 마시면 지극히 심해지는 철벽녀 기질이 나오는 2차 자리가 문제였다. 내가 그의 친구에게 안주를 먹여주고 더 친절하게 대하는 대참사를 벌이고 만 것이다. 잘못된 질투심 유발 작전이었고 내가 그런 짓을 했다는 것도 잘 기억이 나지 않는다. 그럼에도 그는 자신과 반대 방향에 사는 나를 친절하게 집까지 데려다주겠다고 했지만 그 또한 완강하게 거부했다고 한다. 당연히 그와는 이루어지지 못했다. 지나간 버스는 돌아오지 않더라.

아수라 백작

　적당한 덩치에 사람 좋아 보이는 웃음, 범생이 같은 얼굴의 곰돌이 상! 상견례 프리패스상인 그는 우리 부모님의 마음도 사로잡았다. 기독교는 절대 안 된다던 엄마였는데 수요 예배까지 가는 그를 그냥 받아들일 정도였으니. 학과장까지 맡고 있던 그는 법 없이도 살 사람으로 꽤나 인기가 있었다. 내가 먼저 졸업과 취업을 하고 조교를 맡은 그는 학교에 남았다. 생활패턴이 달라진 우리는 롱디 아닌 롱디를 시작했다. 네이트온 무료 문자를 쓰던 시절(도대체 언제 적 네이트온…) 그의 무료 문자를 쓰기 위해 그의 아이디로 로그인을 했던 나는 싸이월드 쪽지를 받게 되었다(언제 적 싸이월드…).

　[오빠! 오빠가 어떻게 제 친구한테 그럴 수 있어요? 제 친구가 오빠 그렇게 좋아하는 거 알면서 마음 다 흔들어 놓고. 그래서 제 친구가 너무 힘들어해요.]

대략의 내용은 이러했다. 아! 이건 누가 봐도 바람이었다. 평소 핸드폰 비밀번호를 서로 왜 공유하는지 이해하지 못하고 관심도 없던 나였는데 의심이라고는 눈곱만큼도 없이 그저 무료 문자 메시지를 쓰기 위해 했던 로그인이 화근이었다. 그냥 지나갈 수는 없는 일이었다. 난 그에게 싸이월드 쪽지를 보았으며 나에게 뭐 할 말 없냐고 물었다. 그가 건넨 말은 딱 세 글자. "미안해."

뭐? 뭐가 미안한데? 따져 묻고 싶지도 않던 나는 대충격에 이별을 고했다. 그리고 그가 나에게 다시 연락할 용기가 없다면 우리 집 앞에 찾아와 용서라도 구할 줄 알았다. 하지만 그는 그 이후로 어떤 연락도 하지 않았고, 찾아오지도 않았다. 몇 번 온 발신표시제한의 전화가 그라는 추측은 있지만… 대혼란의 시기가 어느 정도 잠잠해질 때쯤 나는 새로운 소식을 들었다. 알고 보니 그가 양다리도 아닌 문어발이었다는 것! 세상 사람 좋은 얼굴로 그런 짓을 하고 있었다니 이거야말로 아수라 백작이 아니고 뭐란 말인가? 난 도대체 누구를 만났던 것이지?

대단하다, 너란 놈!

로마의 로맨스 ①

근 3년 만의 해외여행. 그것도 촬영이 아닌 여행으로 이탈리아라니! 낭만으로 가득 차 있을 것 같은 곳으로 떠나는 나에게 후배는 "언니, 피렌체에서 냉정과 열정 사이 찍고 오세요"라고 말했지만 "나에게는 준세이가 없어"라고 답했다. 그렇게 수많은 해외여행을 떠나고도 단 한 번의 로맨스도 없었던 나이기에 기대조차 없었다. 하지만 로마에서의 첫날, 시내 투어에 참여했던 나는 투어가 끝난 뒤 두 명의 남자에게 저녁 식사 동행 제안을 받았다. 그중 한 명은 나와 또래, 또 한 명은 2002년생!(대학교 새내기 시절 월드컵을 보며 술판을 벌이던 나에게 2002 베이비라니…) 물론 2002년생은 그저 귀요미에 불과했고 나와 또래였던 아이와는 어쩌다 보니 그날부터 연락을 시작하게 되었다. 그 아이는 그날이 이탈리아에서의 마지막 날이었고 나는 시작이었기에 그 아이는 돌아가고 나는 남아서 매일매일 톡으로 이탈리아에 대한 이야기를 나누었다. 열흘이 지나 내가 한국으로 돌아왔을 때 그 아이는 만남을 제안했고 그렇게까지 큰 호감은 아니었지만 대화가 곧잘 통하는 느낌이라 나도 별 의미 없이 나갔다. 그날 우리는 새벽까지 술잔을 기울였고 로마에서 짝사랑 상담을 했던 그 아이는 이제 짝사랑에 종지부를 찍고 나에게 호감을 보였다. 좀 갑작스럽긴 했지만 기분이 나쁘지만은 않았다. 혹시 이것이 로마에서 만난 운명? 로맨스?

나를 술 푸게 하는 사랑

로마의 로맨스 ②

그 이후로도 우리는 매일매일 연락을 했다. 이제는 이탈리아가 아닌 다른 이야기들도 하면서. 하지만 한편에는 약간의 의심이 자리하고 있었다. 워낙 세상이 무섭고 이상한 사람들이 많다 보니 도진 의심병이랄까? 사실 주선자가 있으면 그 아이에 대한 신용에 담보가 있을 텐데 생판 낯선 곳에서 생판 모르는 이를 만났고 내가 들은 그 아이에 대한 정보는 오롯이 그 아이 입에서 나오는 얘기였으니 그것이 사실일지 거짓일지 나는 확인할 방법이 없었다. 의심병 도진 나에게 친구들은 그렇다 따지면 누구도 못 만난다며 일단 만나 보며 파악해 보라고 했다. 정작 본인들도 의심병이 있었던 친구들은 그 아이의 행적을 캐 보려 SNS도 털어 보고 구글도 털어 봤지만 정보가 많지 않았던 탓에 이렇다 할 행적을 찾는 것에는 실패했다. 그리고 얼마 후, 그 아이는 일주일 후 단풍놀이를 가자고 제안했다. 단풍놀이를 가기로 한 전날, 그 아이는 누나네 집에 조카들을 보러 놀러 간다고 했고 다음 날 만날 시간과 장소를 정하자고 했다. 그렇게 약속을 정하고 7시간 뒤 정말 황당한 톡이 왔다.

나는 40에 사춘기가 왔다

[그 : 내일 레고랜드 가기로 했어요ㅜㅜ 죄송해요. 담에 봐도 돼요?]

[나 : 갑자기 내일요?]

[그 : 넹ㅜㅜ 조카가 가고 싶다 해서⋯ 죄송해요ㅜㅜ]

[나 : 어쩔 수 없죠 뭐⋯]

더 황당한 건 저 톡을 마지막으로 그가 잠적을 했다는 것! 심지어 안 읽씹을 하며⋯

바람맞은 난 나의 단풍놀이를 대신해 줄 친구를 급호출했고 한탄을 늘어놓았다. 그리고 우리는 추리를 이어 나갔다. 대체 7시간 만에 그에게는 무슨 일이 있었던 것인가?

① 조카라고 했던 그 아이들은 조카가 아니라 자기 아이들일 것이다. 사실 누나라고 했던 사람은 전 와이프이거나 현 와이프일 것이다.

② 누나가 그 여자는 절대 만나지 말라는 말에 휘둘리는 시스터 보이였을 것이다.

③ 나 말고 다른 여자가 더 있었는데 그 여자와 급진전이 되었을 것이다.

이 세 가지가 아닌 이상 도무지 이해가 되지 않는 행보였다. 지금까지도 내 톡을 안읽씹 하는 거 보니 그는 날 차단했나 보다. 로마에서의 운명의 로맨스는 개뿔! 난 레고랜드보다도 못한 존재가 되었다.

고백! GO? BACK?
해도 후회, 안 해도 후회라면 해 보고 후회하자!

우리는 인생을 살면서 하루에도 몇 번씩 이 일을 해 볼까, 이 말을 해 볼까 수십 번씩 고민한다. 물론 신중한 선택은 중요하지만 해 보지도 않고 지나친다면 '해 볼걸'이라는 미련 때문에 더욱 후회하게 되어 있다. 연애도 그렇다. 그 사람에게 아낌없이 마음을 쏟아 보고 매달려도 보고 해야 후회가 없다.

거의 일주일에 한 번씩 헤어지자는 말을 내뱉은 남자친구가 있었다. 자존심이고 뭐고 울면서 2번을 매달려 봤다. 하지만 3번째 그 말을 들었을 때는 나도 더 이상 잡는 데 지쳐서 마음을 접고 포기했다. 네가 원하는 대로 해 주겠다고. 그렇게 잡을 거 다 잡고 울어 보니 미련도 남지 않았다. 결국 미련이 남아서 연락이 오는 건 상대방이었다. 심지어는 3년도 훌쩍 지난 지금까지도 말이다. 만약 내가 잡아 보지도 않았다면 미련과 후회가 남아 흔들렸겠지만 내 마음은 이미 깨끗하게 정리되었기에 후회가 없었다. 그러게 있을 때 잘하지 그랬니?

전남친의 법칙

[잘 지내?]

[자니?]

[생각나서 연락했어.]

[술 한잔할 수 있을까?]

대체 헤어지고 나서 이런 메시지는 왜 보내는 것일까. 이제 와서 아쉬워졌겠지.

미안하지만, 아니 미안하지도 않지.

난 잘 지내고 지금 잘 시간이고 네 생각은 안 나고 너랑 술 마실 마음도 없어.

이 이야기를 들은 남사친들은 냉정한 조언을 했다. 그냥 너와의 잠자리가 그리운 거라고.

그렇지만 미련하게도 가끔은 당신에게 '잘 지내?', '자니?'라는 메시지가 오기를 가끔씩 기다린다. 오지도 않을….

내 거인 듯 내 거 아닌 내 거 같았던 당신

    친구의 소개로 만나 보았던 사람이 있었다. 공통사가 많고 결혼에 대한 생각이 없는 것 또한 비슷하던 우리는 자주 만나 서로를 알아 갔다. 그 사람은 나에게 자신의 절친까지 소개해 줬고 시간이 흘러 어깨동무나 손잡기가 자연스러워졌다. 딱히 오늘부터 사귀자, 1일 하자는 낯간지러운 말은 없었지만 그렇게 연애가 시작되나 싶었다. 그런데 어느 순간부터 그의 연락이 뜸해졌다. 자존심에 나도 그에게 연락을 하지 않기 시작했다. 그렇게 2~3달이 흘렀을까. 그가 잘 지내냐며 자꾸 만나자는 말을 해 왔지만 난 때마침 연속된 촬영으로 바빠서 그를 만날 여유가 없었다. 그러던 어느 날, 그에게 메시지가 왔다.

[그 : 집이야? 너희 집 앞 마트에 왔다가 연락했어.]

[나 : 촬영 중이야. 지방에 있어.]

[그 : 그렇구나. 사실 네가 전에 우리 집에 두고 간 귀걸이 주러 왔어.]

그리고 얼마 후에 난 친구에게 충격적인 소식을 들었다. 그가 결혼을 한다고. 그것도 속도위반으로. 결혼 생각은 물론 애 생각은 더더욱 없다던 그가. 도대체 결혼을 앞두고 내 귀걸이는 왜 돌려주러 온 걸까. 그거 아무리 비싸도 다시 찾을 생각 없으니까 쓰레기통에 버려 주겠니? 나에 대한 생각이랑 같이!

나를 술 푸게 하는 사랑

소개팅의 굴레 ①

처음 소개팅 제안이 들어왔을 때는 정말 하기 싫었다. 모르는 사람을 만나서 그 어색한 분위기 속에서 도대체 무슨 대화를 이어 간다는 말인가. 어디 사세요? 형제는 어떻게 되세요? 취미는 뭐예요? 이런 호구 조사를 하다 대화 주제가 끊기면 어색한 침묵이 너무나 싫었다. 하지만 고맙게도 꾸준히 들어오는 소개팅을 하다 보니 어느덧 새로운 사람을 만나는 것도 익숙해져 갔다. 가끔씩 만난 지 5분 만에 일어나고 싶어지는 사람을 만날 때면 그 시간이 너무 괴롭긴 했지만…. 그럴 때는 어김없이 친구를 불러내어 술을 마시곤 했다. 내가 그런 사람 만나려고 황금 같은 주말에 이렇게 꾸미고 나와서 시간을 허비한 것이 허탈했기 때문이다. 어느 순간부터 소개팅에 대한 기대감은 단 1%도 생기지 않았지만 그래도 혹시나 했던 0.9% 정도의 기대감이 무너지는 순간은 술 없이 집으로 갈수는 없었다. 이 얘기를 들은 유부녀 친구들은 사람 한 번 봐서 어떻게 아냐고, 자기도 지금의 남편을 처음 봤을 때 별로였다고 두세 번은 더 만나 보라고 했다. 하지만 5분 만에 일어나고 싶었던 사람과 어떻게 두세 번을 만난단 말인가. 그나마 이 상황을 공감해 주는 것은 아직 나와 술 한잔을 기울여 줄 수 있는 싱글 친구들뿐이었다. 10여 년이 넘게 100번은 하지 않았을까 하는 소개팅을 해 가면서 이제는 상대방이 별로였어도 딱히 술이 땡기지 않는다. 수많은 소개팅을 거치면서 더 이상의 기대감도 허탈감도 없어져서인 것 같다. 아무런 타격감도 없이 집으로 돌아와 조용히 맥주 한 캔을 까며 조용히 읊조린다. 이. 너. 피. 스.

소개팅의 굴레 ②

수많은 소개팅을 해 봤지만 두 번 이상 만나고 싶은 사람을 만나기란 정말 어렵다. 소개팅으로 잘된 사람들을 보면 신기할 정도로 나의 소개팅 타율은 매우 낮았다. 그러던 중 "어? 이 사람이라면 만나 볼 수 있겠는데?" 하는 사람을 만났다. 흔히 말하는 나쁘지 않았던 소개팅. (내가 나빴다고 생각한 소개팅들은 그 사람이 나빴다기보다는 그냥 나와 맞지 않아서 나빴던 것이니 오해 금지) 나쁘지 않았다는 내 반응에 친구들은 그렇게 소개팅을 많이 했으면서도 네가 나쁘지 않았다고 얘기한 걸 들어 본 적이 없다며 무조건 잘해 보라고 흥분했다.

하지만 소개팅 때만 해도 호감을 보이며 계속 조금만 더 있다 가길 바랐던 그는 애프터는커녕 점점 답이 줄어들었다. 나름의 이유는 있었다. 처음엔 감기몸살인 줄 알았는데 코로나에 걸렸다더라. 일단 적극적으로 해 보란 친구들의 성화에 그에게 안부를 묻고 걱정도 해 주었다. 그것도 일주일이면 됐지, 근 2주간을 안부만 묻고 있자니 내가 무슨 간병인도 아니고 답답스러웠다. 친구는 자신이 최근에 지인 두 명을 소개팅 해 줬는데 그 남자도 그 여자에게 분명 관심이 없는 건 아닌데 뜨뜻미지근하다며 요즘 남자들은 다 그런 거 같으니 한 번만 더 연락을 해 보라 했다. 그렇게 또 한 번의 안부 톡을 보냈으나 역시나 반응은 미적지근했다. 그리고 나는 깔끔하게 마음을 접었다. 그 남자에게 무슨 심경의 변화가 있었는지 알 수는 없지만 나쁘지 않았던 나의 소개팅은 나쁜 결말로 마무리되고 말았다.

나를 술 푸게 하는 사랑

이상형

이상형을 물어보는 질문을 들으면 뭐라 답할지 모르겠는 때가 많았다. 20대 때야 외모적인 이야기를 많이 했다. 나랑 키 차이는 이 정도였으면 좋겠고 남성스러운 외모보다는 귀엽고 곱상한 외모가 좋다 생각했다. 그렇다고 그런 사람을 만나 본 적은 없지만. 하지만 여러 번의 연애를 겪어 가며 이상형은 다소 구체적인 요소로 발전했다.

쉽게 이별을 말하지 않는 사람, 센스 있는 사람, 말을 예쁘게 하는 사람, 바람피우지 않는 사람, 기분이 태도가 되지 않는 사람.

어쩌면 이것은 그렇지 못한 사람들을 만나고 쌓인 데이터베이스일지도 모른다. 이상형은 이상형일 뿐이지만 같은 상처를 주는 사람을 만나 또다시 그런 상황을 겪고 싶지 않기 때문에.

사라지는 것에 대하여

계속 밀어내던 나에게 끊임없이 사랑을 고백하던 당신, 평생을 헤어지지 않을 것처럼 사랑을 고백하던 당신, 무슨 일이든 이해해 줄 것 같이 사랑을 고백하던 당신.

그랬던 당신의 열정은 지금 어디에 있나요…?

버리지 마

연애 초기 내 품에 안겨서 "나 버리지 마요"라고 얘기했던 당신.
그런 당신에게 오늘 버려진 건 나였다.

희망고문

그렇게 냉정하고 매몰차게 이별을 말했으면
다시는 돌아보지 마.
그 마음 계속 유지해 줘.
다시 연락해서 희망고문 하지 말고.

나를 술 푸게 하는 사랑

이별의 무게

무거움과 가벼움의 차이가 있는 이별은 없다. 짧게 만났다고 이별이 덜 슬픈 것도 아니고 오래 만났다고 이별이 더 슬픈 것도 아니다. 누구에게나 이별은 무겁고 가슴이 아프다. 그만큼 서로가 좋아했기에. '그렇게 좋으면 왜 헤어져?' 하겠지만 그렇다면 세상에 이별이란 게 없겠지. 이별의 무게는 누구도 대신해 줄 수 없이 오롯이 내 몫이다. 가족도, 친구도 그 무게를 같이 짊어질 수가 없다. 물론 이별의 아픔을 털어놓으며 공감해 주고 위로해 주겠지만 그 후에 찾아오는 후폭풍 또한 오롯이 내 몫이다. 그러니 그 무게를 존버해 보자.

이별 후의 착각

이별 후에 하는 가장 큰 착각. '그 사람도 나만큼 힘들겠지'라는 착각.

이별을 할 때면 혹시나 그 사람이 우리 집 앞에 찾아와서 나를 기다리고 있지는 않을까 하는 생각을 했다. 하지만 몇 번의 이별을 했어도 그런 일은 일어나지 않았다. 바람피우고 걸린 주제에 찾아오지도 않았던 남친, 다시 만나 보자고 계속 연락을 하던 남친, 친구로라도 지내자고 했던 남친 그 누구도 우리 집에 찾아오지 않았다. 그럼에도 불구하고 그 사람은 반드시 나를 찾아올 거라는 헛된 희망은 여전히 버리지 못한다.

이별후애

당신이 나에게 이별을 고하던 날. 혼자 이미 마음을 다 정리하고 온 날.
나의 어떤 말도 당신의 벽 앞에서 무너져 내리던 날.

집으로 돌아와 한참을 울었다. 당신이 다시 우리 집 앞으로 찾아와서
미안했다고 해 주지는 않을까 하는 헛된 기대와 함께. 기척 없는 문을
바라보며 찾아오지 않을 거라면 당신 집으로 와 줄 수 없냐고 메시지라
도 보내 주길 바랐다. 그러면 당장이라도 달려갔을 테니까.

하지만 이 또한 그저 헛된 기대였고 난 울다 지쳐 아침을 맞았다.

갈증

이별한 날, 술을 퍼마실 줄 알았다.

하지만 난 계속해서 물을 마셔 댔다.

쏟아지는 눈물에 대한 갈증을 해소해 줄 수 있는 건 알코올이 아니라

물뿐이었다.

나를 술 푸게 하는 사랑

이별 몸살

TV도 켜지 않고 음악도 듣지 않고 그저 멍하니 천장을 바라보고 누웠다. 울다 멍해지면 이것이 현실인지 꿈인지를 한참 생각하다 다시 눈물이 났다. 계속된 눈물과 함께 오한이 찾아왔다. 어쩌면 이렇게 이별 몸살을 앓고 있는 건지 모르겠다.

평생 가는 몸살은 없으니까 이 이별 몸살도 언젠가는 나아지겠지.

시간이 약이라는데 그 약은 아직 나에게 멀리 있다.

그 약을 먹을 수 있을 때까지 이 몸살은 계속되겠지.

당신이 싫어하는 짓

이별 후 당신이 싫어해서 못했던 일들을 잔뜩 해 본다.

다른 이성들과 술 마시기

술 마시고 꽐라 되기

숙취로 다음 날 골골대기

추운 날 미니스커트 입기

손톱 물어뜯기

하루 종일 씻지도 않고 누워 있기

필요하지도 않는 것들 잔뜩 충동구매 하기

아무의 연락도 받지 않고 잠수 타기

친구들에게 당신 욕하기

당신을 그리워하면서 목 놓아 울기

내가 이러고 있는지 어차피 당신은 알지도 못하겠지만 최선을 다해 당신이 싫어하는 짓들을 해 본다.

변화

당신을 만나면서 안 먹던 음식을 먹게 되고, 안 듣던 음악을 듣게 되고, 안 읽던 책을 읽게 되고, 안 보던 영상을 보게 되고, 안 하던 운동을 하게 되고, 불면증을 고치게 되었다. 당신과 이별 후 아직도 그때의 습관들을 버리지 못했다. 불면증이 다시 시작된 것 외에.

거짓말

헤어지고 나면 당신이 했던 모든 말이 거짓말 같다.

내가 누구랑 이래 본 적이 없는데 신기하네.

너라면 정말 평생 갈 수 있을 것 같아.

넌 정말 좋은 사람이야.

내가 정말 좋은 사람이었다면 그렇게 떠나지 않았겠지.

지키지 못할 말은 하지 마.

나를 술 푸게 하는 사랑

놓아주기

어떤 이유든 내가 싫다고 떠난 사람에게 할 말은 없다.

모든 이유든 더 이상 나를 감당하기 힘들고 감당하기 싫어졌다는 사람을 타이르고 매달린다고 그 사람의 감정이 달라지진 않는다.

그냥 다 싫다잖아. 못 하겠다잖아.

그러니까 그만하자. 서로를 위해서. 무엇보다 나를 위해서.

이별 정당화

다행이다, 바람나서 이별한 건 아니어서.

다행이다, 잠수 이별은 아니어서.

다행이다, 더 사랑하기 전에 이별해서.

나를 술 푸게 하는 사랑

미안해

나의 어떤 말에도 돌아오는 말은 하나였다. 미안해.
전혀 미안하지 않은 표정과 말투로 당신은 그렇게 얘기하고 있었다.

나는 40에 사춘기가 왔다

안아 줘

내가 행복한 미소를 지었을 때 당신이 한 번만 안아 줬다면.

내가 화를 냈을 때 당신이 한 번만 안아 줬다면.

내가 울고 있을 때 당신이 한 번만 안아 줬다면.

우리의 결말은 달라졌을까?

나를 술 푸게 하는 사랑

눈물

불쑥불쑥 찾아오는 눈물을 닦지 말자.
그냥 흐르는 대로 그대로 두자.
흘러서 뚝 떨어져 버리도록.
눈물과 함께 나의 마음도.

나는 40에 사춘기가 왔다

파도

파도가 부서지고 있었다.

그렇게 내 마음도 부서지고 있었다.

나를 술 푸게 하는 사랑

가지가지

자책이었다가 원망이었다가 그리움이었다가.
미련이었다가 포기였다가 참 여러 가지 한다.
이별이라는 감정.

이유

사랑에 빠질 땐 이유와 조건이 없지만

이별을 할 땐 수백만 가지 핑계와 이유로 헤어진다.

나를 술 푸게 하는 사랑

신호등

"헤어지자." 한 마디에
늘 파란불이던 나의 마음에 빨간불이 커졌다.
기다리다 보면 다시 파란불이 켜지겠지.

불면증

나는 잠이 줄었다.

당신과 매일 대화하고 매일 밤을 같이하던 습관 때문에.

이제는 자고 싶어도 잠이 오지 않는다.

이미 줄어든 채 습관이 되어 버린 수면 습관 때문에.

나를 술 푸게 하는 사랑

대나무숲

나의 이별을 요란하게 떠들고 싶진 않지만 누구에게라도 얘기하지 않으면 내 속이 썩어 문드러질 것 같아서 참을 수 없을 때가 있다. 그래서 커뮤니티에 자신의 연애담을 올리는 사람이 많은지도 모른다. 나를 모르는 누군가에게라도 질책을 받든 위로를 받든 공감을 얻고 싶어서. 이제는 내 아픔을 들어줄 당신이 없으니까.

그리고 그 질책과 위로 속에서 내가 믿고 싶은 것만 골라서 믿는 건 나의 자유다.

나는 40에 사춘기가 왔다

이별 후의 일상

운다.

드라마를 본다.

운다.

운동을 한다.

운다.

이별 노래를 듣는다.

운다.

멍 때린다.

운다.

술을 마신다.

운다.

절대 불변의 법칙

그가 나에게 얘기했다. "네 성향은 절대 안 변해. 그건 변할 수가 없어."

난 아니라고 부정했다. 성향은 충분히 바뀔 수 있다고. 하지만 당신은 강한 부정으로 이별을 택했다. 그리고 헤어진 연인에게 다시 연락을 하는 일은 절대 없을 거라던 당신에게 다시 연락이 왔다.

세상에 절대라는 건 없고 이번엔 당신이 틀렸고 내가 맞았다.

사람 고쳐 쓰는 거 아니라는 말도 있지만 절대 안 되고, 절대 안 바뀐다면 모든 건 제자리에 머물 수밖에 없는 거 아닐까? 그렇다면 문명의 발전도, 인간관계의 발전도 있을 수 없다. 세상에 절대적인 건 없다. 절대 불변의 법칙이 있다면 기적도 일어나지 않을 테니까.

우리의 속도

밀어내는 나에게 계속 마음을 표현한 건 당신이었다.

그런 당신에게 나는 서서히 스며들었다.

그렇게 우리는 서로에게 소중한 존재가 되었다.

하지만 먼저 발을 내딛었던 당신이 멀어지는 것도 먼저였다.

당신의 속도는 늘 나보다 빨랐다. 그래서 나는 아직도 제자리인 것 같다.

나를 술 푸게 하는 사랑

변명

"우리가 헤어지면 당신 마음이 편해질 것 같아요?"

"안 편하겠죠. 힘들겠죠. 보고 싶겠죠."

그랬다면 이별하지 말았어야 했다. 저 이유 하나만으로도.

당신은 그저 좋은 이별의 변명이 필요했던 것은 아닐까.

나는 40에 사춘기가 왔다

거리 두기

시간을 갖자는 말을 듣고 하루가 지나고 이틀이 지나고 삼 일이 지났다.

그 하루하루가 나에게는 일주일 같았다. 시간이 빠르다가도 더디기도 했다.

그렇게 갖는 시간 속에서 너와 나는 마음의 거리 두기가 이어졌고 그 거리를 좁히지 못했다.

with 연인으로 돌아가지 못한 채.

나를 술 푸게 하는 사랑

미련

나는 참 미련하다.

당신에 대한 미련이 아직도 남아 있다니 말이다.

이별 다이어트

    남자친구의 바람으로 충격적인 이별을 겪고 이별 다이어트를 한 적이 있었다. 낮에는 아무것도 먹고 싶지 않아 쫄쫄 굶다가 밤만 되면 술을 퍼마셨다. 그렇게 퍼마시고 토하기를 계속 반복했다. 오랜만에 만난 지인들은 왜 이렇게 살이 빠졌냐고 걱정했고 일이 힘들어서라고 핑계를 댔다. 지금도 이별을 하면 입맛이 없다. 이렇게 안 먹고 있으면 그 사람이 밥은 먹었냐고 물어봐 줄 것 같고 혹시라도 다시 만나게 되면 왜 이렇게 살이 빠졌냐고 힘들었냐고 걱정해 줄 것 같다. 하지만 그런 일은 일어나지 않을 것이고 난 이별 디톡스가 끝나면 다시 또 폭식을 하게 되겠지.

나를 술 푸게 하는 사랑

아무리 해도 익숙해지지 않는 것

이별은 아무리 해도 익숙해지지 않는다. 우리는 끊임없이 연애하고 끊임없이 이별한다. 연애의 시작은 늘 설레고 끝은 늘 아프다. 모두가 행복한 연애만 한다면 세상에 이별은 없겠지. 그 끝이 얼마나 또 아플까 하는 생각에 연애를 시작하고 싶지 않을 때도 있다. 하지만 마음은 내 자신도 컨트롤이 안 된다. 그 익숙하지 않은 이별을 또다시 할지 모름에도 우리는 사랑에 빠지는 어리석음을 반복한다.

세상에 좋은 이별은 없다

이별에 좋은 이별이 존재한다고?

나도 20대 때는 그렇다고 생각했다. 좋은 사람으로 남고 싶어서 혹은 내 마음 편하자고 우리는 헤어지지만 좋은 관계로 남자는 말도 안 되는 소리로 이별을 고했다. 하지만 세상에 좋은 이별은 없다. 어떠한 이유로든 서로의 마음이 끝났다는 것 자체가 아픈 일인데 어떻게 좋은 이별이 있을 수 있단 말인가. 그러니 좋은 이별이라고 애써 포장할 필요는 없다. 너도 나에게 나도 너에게 나쁜 이별이었던 것이다.

아니라면···

내 잘못은 고치겠다고 다시 한 번만 믿어 달라고, 기회를 달라고 했다.

하지만 당신은 그 잘못을 고치라고 하는 것도 자신에게 스트레스고 그걸로 나에게 스트레스를 주고 싶지도 않다고 했다. 내가 달라지겠다고 했는데도 불구하고.

그걸로 이미 마음이 떠났다는 것이 증명되었다. 나의 노력도 받아 줄 마음이 없는 당신이기에.

비밀연애

나의 연애사를 아는 사람은 정말 몇 안 된다. 연예인도 아닌 것이 뭔 비밀연애라고 하겠지만 내가 비밀연애를 하는 이유는 명확하다. 나의 연애사를 시시콜콜하게 다른 사람들과 나누고 싶지 않아서이다. 사람들은 왜 이렇게 남의 연애사에 관심이 많을까?

만나는 사람이라도 있다고 얘기하는 날에는 질문 폭탄이 쏟아진다.

"뭐 하는 사람인데?", "몇 살이야?", "어떻게 만났어?", "누가 먼저 고백했어?"

그러다 헤어지게 되면 또 헤어짐의 이유에 대한 질문 폭탄을 받아야 한다.

"언제 헤어졌어?", "왜 헤어졌는데?", "누가 헤어지자고 했어?"

아직 상처도 아물지 않은 나에게 그런 질문들은 비수처럼 꽂혀 내린다. 또한 그 이별에 대해 얘기하면서 아물던 상처를 다시 한번 들춰내야 하는 것도 싫다. 얘기를 하다 보면 그때의 아픔과 슬픔이 다시 떠오를 수밖에 없으니.

연애의 시작을 떠들고 싶은 사람은 있어도 연애의 끝을 떠들고 싶은 사람은 없다. 그 끝을 떠들고 싶지 않아서 시작부터 비밀연애를 고수하는지도 모르겠다.

생화와 조화

생화보다 예쁜 조화는 없다.

하지만 가끔은 내 사랑이 조화였으면 좋겠다.

덜 예쁘더라도 평생 갈 수 있도록.

나를 술 푸게 하는 사랑

무기력 극복법

언제까지 이별에 슬퍼하고 무기력하게 있을 수는 없다.

당신은 나 없이 밥도 잘 먹고 운동도 하고 일도 할 텐데 나만 아무것도 못하고 있는 건 너무 억울하지 않은가. 당신이 나를 신경 쓰지 않을수록 나는 이 무기력의 늪에서 빠져나올 것이다.

종이 한 장

구겨진 종이는 아무리 다시 펴도 처음처럼 펴지지 않는다.

지금 내 마음처럼.

나를 술 푸게 하는 사랑

지우개

　당신과 나눈 메시지, 당신과의 다정했던 순간들을 담은 사진, 당신의 번호까지 아무것도 지우지 못했다. 지금 당장 지워 버리면 머릿속에서 다시 그것들을 그려 넣을까 봐. 다시 보고 싶어질까 봐 차라리 질릴 때까지 보고 또 본다. 이런 것들이 언제 있었지 하고 생각이 들 때쯤 그때 미련 없이 지울 수 있을 것 같다.

나는 40에 사춘기가 왔다

이별 드라마

드라마 속 이별은 없을 법 하지만 있고, 있을 법 하지만 없기도 하다.

그 이별들은 나에게 일어나지 않을 것 같지만 내 삶에도 일어난다. 1월 1일부터 시간을 갖자는 이별 통보를 받을 줄 누가 알았겠는가. 마치 새해가 되면 나와의 관계를 끝내겠다는 새해 다짐을 한 사람처럼 그는 나에게 이별을 통보했다. 덕분에 나는 최악의 연말과 아픈 새해를 맞았다. 이런 타이밍은 드라마에서도 보지 못했는데 말이다.

나를 술 푸게 하는 사랑

너도 좀 아파 주라

시간이 지나면 당신에 대한 원망도 미움도 추억으로 남겠지만 지금 당장은 당신이 행복하게 잘 살았으면 좋겠다는 천사 코스프레는 못하겠다.

내가 힘든 만큼 당신도 조금이라도 힘들었으면 좋겠으니까.

나는 40에 사춘기가 왔다

지나고 나면 알게 되는 것들

처음 당신의 고백은 나를 참 설레게 했었구나.

매일같이 보던 우리가 참 뜨거웠구나.

이별을 말하던 당신은 참 차가웠구나.

그리고 이제 당신 없이도 잘 살 수 있구나.

나를 술 푸게 하는 사랑

사랑과 이별

사랑에 빠지는 시간 3초.

이별을 말하는 시간 1초.

네 생각

날씨가 화창해서 네 생각이 났다.

바람이 서늘해서 네 생각이 났다.

봄비가 촉촉해서 네 생각이 났다.

천둥이 요란해서 네 생각이 났다.

첫눈이 내려와서 네 생각이 났다.

무지개가 떠올라서 네 생각이 났다.

나는 이렇게 네 생각이 나는데 너는 어떤 날 내가 생각이 날까?

나를 술 푸게 하는 사랑

변해 가기

내가 언제까지나 그 자리에서 변함없이 당신을 추억하고 있을 거라고 생각하지 말아라.

먼저 변한 것은 당신이었으니까.

얼마나 알고 있나요?

당신에 대해 누구보다 많이 안다고 생각했는데 이별을 하고 나니
나는 당신에 대해 너무도 몰랐다는 생각이 든다.

연인

연 연해하지 말자.

인 연에 대하여.

이별

이 별 그거
별 거 아니더라.

나를 술 푸게 하는 사랑

미안

미 련하게도
안 잊혀진다, 당신이.

나는 40에 사춘기가 왔다

상처

칼에 베인 상처보다 얇은 종이에 베인 상처가 더 아프다.

얇디얇은 상처인 줄 알았는데 생각보다 깊은 상처였나 보다.

나를 술 푸게 하는 사랑

선

선을 넘어 다가왔던 당신이 선을 긋더라.

우리의 선은 어디서부터 어디까지였을까?

홀로서기

당신은 나에게 이제 혼자 있고 싶다고 이별을 고했다.

나랑 같이 있는 것이 더 이상 즐겁지 않구나, 하는 생각에 할 말을 잃었다. 나는 아직 당신과 있는 시간이 행복했기에.

나는 당신에게 같이 있고 싶을 때 있고 혼자 있고 싶을 때는 버려지는 존재였다는 것을 인정하게 되는 순간이었다.

감정 널뛰기

이별 후의 시간은 더디게 가기도 하고 빠르게 가기도 한다.

먹지도 자지도 않았는데 뭘 했는지 모르게 하루가 간 날도 있고, 먹지도 자지도 못해서 하루가 너무 긴 날도 있다. 이별을 고한 당신이 후회하고 다시 연락이 오지 않을까 싶다가도 연락이 오든지 말든지 될 대로 되라고 생각할 때도 있다.

하루에도 12번도 넘게 계속되는 감정 널뛰기는 아직도 나를 잠들지 못하게 한다.

나는 40에 사춘기가 왔다

벨소리

잠들기 전 진동도 아닌 무음으로 휴대폰 설정을 바꿔 놓던 내가 벨소리로 설정을 한다.

혹시나 잠들었을 때 당신에게 연락이 오지 않을까 하는 마음에.

나를 술 푸게 하는 사랑

다시 한 번만

사람 고쳐 쓰는 거 아니라더라.

헤어진 연인은 또 헤어지게 되어 있다더라.

그래도 리셋하고 다시 한 번만 만나보자.

정이 더 떨어지면 미련 없이 돌아서면 되고 더욱 돈독해지면 그 사랑을 이어 나가면 되니까.

나를 잃지 말자

이별 후에 자신을 잃지 말라는 말이 많다. 하지만 생각보다 쉽지 않은 일이다. 낮이고 밤이고 밥을 먹다가도 TV를 보다가도 술을 마시다가도 문득문득 떠오르는 당신 생각에 눈물이 흐른다. 하지만 이것을 억지로 참으려 하다 보면 더욱더 자신을 잃게 된다. 원망할 만큼 원망하고 울고 싶은 만큼 울자. 그렇게 조금씩 흘려보내다 보면 마치 아무 일도 없었던 것처럼 나를 찾는 시간이 올 것이다.

최근 이별

누구나 가장 최근에 한 이별이 제일 아리고 아프다.
근데 전남친들아, 착각하지 마!
가장 최근에 한 이별 그거 네가 아니야!

셀프 쓰다듬음

당신이 나를 사랑해 주지 않는다면 나라도 나를 사랑해 주자.

무너져 내리기엔 나 자신이 너무 아깝다.

나 자신을 토닥토닥 쓰담쓰담 해 주자. 그만 아파하고 행복해지자고.

후회하지 말자

세상에 어떤 의미 없는 만남도, 어떤 의미 없는 헤어짐도 없다.
그러니 있는 그대로의 과거와 현재를 받아들이자.

좋은 데 이유 없고 싫은 데 이유 없다

"내가 왜 좋아?", "내가 왜 싫어졌어?"라는 말에 답변을 하기는 어렵다.

사람 좋은 데 이유 없고 사람 싫은 데 이유 없기 때문이다.

물론 당신이 좋은 이유를 '자상하고 센스 있고 잘생기고 다정해서'라는 세분화된 이유를 댈 수도 있겠지.

싫은 것도 당신이 이기적이고 욱하고 여자관계가 복잡해서 라는 세분화된 이유를 댈 수도 있다.

하지만 사람이 누군가를 좋아하게 되고 싫어하게 되는 데는 정해진 시간도 이유도 세분화하기 힘들다. 누군가는 천천히, 누군가는 갑자기 좋아하고 싫어하게 될 수도 있으니까.

그래서 나는 당신이 이유 없이 좋고 이유 없이 싫어졌다.

문득

먼저 돌아선 당신이 시간이 흐른 뒤 내가 당신에게 얼마나 좋은 사람이었는지, 당신을 얼마나 사랑해 줬던 사람이었는지, 당신을 얼마나 위로해 줬던 사람인지 깨달았으면 좋겠다.

당신의 일상에 내가 문득문득 떠올라 걷잡을 수 없는 날들이 계속되었으면 좋겠다.

우연과 운명

우연이 계속되면 운명이라고 착각할 때가 있다.

하지만 그건 정말 단지 우연이다. 운명이라고 믿고 싶었던 것일 뿐.

나를 술 푸게 하는 사랑

냉정과 열정 사이

전남친들이 나에게 이별을 고할 때 나는 울고불고도 해 보고, 사과도
해 보고, 매달려도 봤다.

내 마음에 있는 열정을 다해서.

하지만 끝내 돌아선 그들에게 난 단 한 번도 먼저 연락을 하지 않았다.

혹시나 술에 취해 연락하고 싶어질까 봐 술을 마실 때 휴대폰을 멀리
던져두었다. 지금까지 내가 가장 잘한 일들 중 하나다. 이별 후 냉정을
유지할 수 있었던 것.

결국 냉정을 유지했던 그들이 열정으로 다시 돌아오더라.

커리어우먼 속 연애고자 세포

가족들은 늘 나의 연애를 걱정했다. 그도 그럴 것이 대학교 이후로 한 번도 남친과 연애에 대해 얘기한 적이 없기에 내가 10년이 넘게 연애를 못하고 있다고 생각하기 때문이다. 오죽하면 내 동생은 나에게 심각한 문제가 있는 것은 아닌지를 걱정한다. 아빠는 "얘가 일은 똑 부러지게 하는 것 같은데 일을 너무 프로페셔널하게 하다 보니 완벽주의자 경향이 생긴 것 같아. 그래서 연애도 완벽해야 하니까 눈이 높아서 못하는 거지"라며 내가 연애도 일처럼 프로페셔널하게 한다는 착각의 말씀을 했다.

아빠, 그거 아니에요. 저 연애고자예요. 이번 연애도 차였는걸요.

남과 여

옆 테이블의 두 남자가 여자 얘기를 하는 것에 귀가 쫑긋해진다.

> A남 : "연애가 너무 힘들어. 나는 걔를 이만큼 좋아하는데 걔는 날
> 좋아하나 싶고."
> B남 : "동등한 기브앤테이크가 쉽지는 않지."
> A남 : "근데 나만 좋아하는 느낌이야."
> B남 : "내 전여친은 나랑 헤어지고 바로 남자친구가 생기더라고.
> 결혼하고. 일에 몰두하다 보면 연애에 대한 생각이 안 들 수
> 도 있어."

역시 남자는 만나면 여자 얘기, 여자는 만나면 남자 얘기가 빠지지
않나 보다.
썸을 타는 중이든 이별을 하는 중이든 외로움을 견디는 중이든 인간
의 이성에 대한 욕망은 본능적인 건가 보다.

나는 40에 사춘기가 왔다

남의 연애에 참견하지 말자 ①

세상에서 제일 쓸데없는 일이 남의 연애에 참견하는 일이다. "걔가 나한테 어떻게 이럴 수가 있어? 진짜 쓰레기 아냐?" 흥분한 친구의 남친 욕에 아무리 동조해 줘봤자 둘이 다시 좋아지면 나만 이상한 사람이 된다.

친구의 남친에게 머리채를 잡힌 적이 있다. 친구가 자신을 좋아하는 마음을 알면서도 너무 재는 듯한 그의 모습이 마음에 들지 않아서 훈계를 했었다. 술 취한 친구를 데려다주고 가는 길에 그가 인적이 드문 거리에서 내 머리채를 잡으며 섬뜩하게 얘기했다. "여기 사람 없는 거 안 보여? 여기서 내가 너 어떻게 해도 아무도 몰라." 너무 오싹했고 난 그이후로 아무 말도 하지 못했다. 친구에게 이 이야기를 했지만 믿지 않는 눈치였다. 자신이 좋아하는 남자가 그럴 리가 없다고 생각하고 싶었거나 내가 머리채 잡힐 짓을 했을 거라고 생각했겠지.

그래서 그 둘이 어떻게 됐냐고? 결혼해서 애 낳고 잘 먹고 잘 산다. 물론 나는 그 이후로 그 남자를 여전히 피하고 있지만. 그러니 남의 연애에 깊게 참견하지 말자.

나를 술 푸게 하는 사랑

남의 연애에 참견하지 말자 ②

　나랑 비슷한 시기에 연애를 시작한 절친이 있었다. 나와 남친은 사이가 좋았던 반면 그 둘은 하루걸러 하루 싸우기 바빴고 싸우는 이유도 가지가지였다. 싸울 때마다 친구는 울면서 너무 힘들다고 계속 이렇게 만나야 하는지 모르겠다고 했고, 이해가 되지 않는 나는 그런 남자는 못 만나겠다며 네가 그렇게 힘든 것도 싫고 그 남자는 정말 아닌 것 같다고 했다. 친구는 싸우지도 않고 너무 재미있게 연애하는 듯한 내가 부럽다고 했다. 하지만 먼저 이별을 하게 된 건 나였고 친구는 아직도 그 남자와 연애를 하고 있다. 결론적으로는 내가 진 거다. 덜 싸우면 뭐하나, 결국 오랜 연애를 이어 가는 건 그 둘인 것을.

첫사랑의 환상

고등학교 시절 한눈에 반해 버린 남자애가 있었다. 급식소에서 처음 만난 그 아이에게는 후광이 비쳤고 말 그대로 첫눈에 반해 버렸다. 그 이후로 내가 이렇게까지 열정을 다하고 쪽팔린 것도 모르고 행동할 수 있나 생각이 들 정도로 적극성을 발휘했다. 그 아이가 케이크를 먹고 싶다는 얘기를 듣고 쉬는 시간에 탈출을 감행하며 케이크를 사오다 학주에게 걸려 뒤지게 혼나기까지 할 정도였으니. 그 아이가 뭐가 필요하다, 먹고 싶다 하면 어떻게든 구해 왔다. 누구보다 빠르게. 용기가 없어 그것을 직접 전달도 못하고 친구에게 대신 부탁을 했지만. 그런 정성 끝에 그 아이와 연락을 시작했고 크리스마스이브에 만나기로 했다. 이 얼마나 로망 같은 일인가. 크리스마스이브에 첫사랑과 데이트라니. 그 환상은 그날 와르르 무너졌다. 내가 너무 기대감이 컸던 것일 수도 있지만 그 사람 많은 명동을 몇 시간째 돌며 들어갈 수 있는 음식점을 찾아야 했고 그렇게 어렵게 들어간 음식점에서의 대화는 지루하기 짝이 없었다. 그렇게 좋아했던 아이였는데 막상 현실에서의 그 아이를 만나니 나의 환상과 로망은 하루 만에 신기루처럼 사라져 버렸다. 역시 첫사랑은 이루어지지 않는다는 법칙이 맞나 보다. 모두 각자의 다른 이유로 첫사랑이 물거품이 되어 버렸겠지만.

MZ들의 사랑법 ①

친구와 술 한잔을 하고 있는데 옆 테이블 남녀의 대화가 귀에 들어왔다.

분명 서로 마주보고 있던 남녀는 어느새 남자가 여자의 옆자리로 옮기더니 애정행각을 시작했다.

여 : 우리 지금 몇 시간째야? 24시간도 안 됐는데 신기하다.

남 : 난 누나가 너무 좋아.

누가 봐도 연인은 아닌 오늘 어디선가 헌팅으로 만난 사이 같았다. 그 뒤로 시작된 쪽쪽거림.

여 : 나 밖에서 이런 거 처음이야.

남 : 그럼 밖에서 이러지, 어디서 그래? 같이 있고 싶다. 눈을 왜
　　못 마주쳐?

여 : 부끄러워서…. 도대체 내가 왜 좋아? 왜지?

나를 술 푸게 하는 사랑

남 : 난 생일 챙기고 선물 챙기고 그런 거 안 좋아해. 생일에 만나
　　서 맛있는 거나 먹자.

누나를 홀리는 연하남의 스킬은 수준급이었다. 그렇게 한참을 애정 행각을 벌이던 그들은 어디론가 갈 결심을 한 듯 자리에서 일어났고 남자는 계산을 하러 갔다. 그런데 남자 앞에서 술 취한 듯 비틀대던 여자는 갑자기 너무 멀쩡한 모습으로 부르스타 불을 단호하게 착착 껐다. 그것은 마치 여자들이 남자 앞에서는 취한 듯 행동하다가 남자가 잠시 자리를 비우는 순간 빠르게 화장을 고치는 스킬과 다를 바 없었다. 계산을 마친 남자가 다가왔고 여자는 다시 취기 모드로 돌아갔다. 아이돌 연습생 같은 외모를 가진 남자의 백구두가 심상치 않다.

　그들은 오늘부터 해피엔딩일까? 오늘만 해피엔딩일까?

MZ들의 사랑법 ②

　연상연하 커플이 조금 더 에피소드를 뽑아 주길 바랐지만 급했던 그들이 자리를 뜬 뒤 나와 친구는 다른 에피소드를 만들어 줄 누군가 들어오길 바랐다. 우리가 재밌는 에피소드의 대상이 되면 좋으련만 그것은 포기한 채. 그리고 얼마 후, 꽤 취한 듯한 남녀가 들어와 소주 한 병과 맥주 한 병을 시켰다. 여자는 혀가 없는 상태였고 남자는 단호한 편이었다.

　　여 : 내가 너를 너무 좋아해서 그러는데?
　　남 : 적당히 해라, 진짜!
　　여 : 으응~ 일루와~

단호한 듯한 남자는 또 오란다고 옆자리에 가서 앉는다.

여 : 내가 너를 ㅈㄴ 사랑하는데?

남 : 그만해라, 진짜!

그러면서도 여자가 계속 들이대자 키스는 해 주는 남자.

여 : 귀여워~

남 : 난 귀여운 쪽 아니고 섹시한 쪽인데?

전혀 귀엽지 않은 여자와 전혀 섹시하지 않은 남자는 이 대화를 최소 20번 이상 반복했고 나와 친구는 너무 웃긴 나머지 웃음을 참으려 슬픈 생각을 되뇌었다. 이들도 누가 봐도 커플은 아니고 썸도 아닌 애매한 관계 같았다.

여 : 널 너무 사랑해서 그래~ 나 뽀뽀하꺼양!

남 : 네가 좋아한 건 걔 아냐?

여 : 내가 좋아한 건 너일걸?

남 : 그럼 그냥 같이 자자! 같이 있자! 어허~ 주먹은 쥐지 마!

들이대는 여자에게 남자는 회심의 일격을 날렸지만 여자는 뽀뽀는 해도 잘 생각은 없어 보였다.

남 : 근처 가서 자자. 같이 있어. 내가 술 많이 먹어서 그래?

여 : 그런 거 아냐. 넌 날 안 좋아하잖아.

갑자기 남자가 자길 안 좋아하는 거 같다며 태세 전환을 하는 여자. 아마도 남자는 오늘도 여자를 자빠트리긴 글러먹은 것 같다. 그러더니 그 둘은 나란히 숙면에 빠졌다. 그것도 심지어 여자는 코까지 골면서. 한참을 자고 일어난 남자는 다시 회심의 일격을 날렸다.

남 : 왜 아직도 예뻐? 안 갈 거야?

남자는 끝까지 개수작을 부리더니 여자와 함께 문밖으로 향했다. 급히 뛰어온 가게 사장님은 계산도 안 하고 나가려는 그들을 붙잡았고 남자는 너무 태연하게 계산 안 했냐고 물었다.

계산을 누가 했겠냐, 이 자식아? 설마 여자가 했을 거라 생각한 건가?

절대 자지는 않을 것 같은 여자는 그래도 남자의 팔짱을 끼고 어디론가 갔다. 나와 친구가 추측하건대 아마도 여자의 철벽이 남자의 개수작을 이겼을 것이고 그들의 밤은 이렇게 끝났을 것이다.

나를 술 푸게 하는 일

혹시 여기 군대인가요?

'라떼는'이라고 할 수 있는 막내 작가 시절. 어언 17년 전 나는 그렇게 군기가 바짝 들어 있을 수 없었다. 작가 선배님들이 너무 무서웠고 뭐 하나 실수할까 전전긍긍했다. 노트북으로 와이파이 잡기 힘든 시절, 친구들과 약속을 잡을 때면 늘 PC방 근처에서 만나곤 했다. 전화벨이 울리면 자다가도 벌떡 일어나서 깍듯하게 전화를 받는 나의 모습에 아빠는 그렇게 군기를 잡냐고 물으셨다. 딱히 누군가 군기를 잡은 것도 아닌데 그저 얼어 있었던 시절이었다. 심지어 다이어트 하는 선배님들이 밥을 먹지 않아 혼자 화장실에서 눈물을 머금고 초코파이를 먹은 적도 있다. 서러운데 배는 왜 그렇게 고픈지. 이거 군대 얘기냐고? 아니, 17년 전 내 막내 시절 얘기 맞다.

작가 아니고 JOB가

처음 예능 작가를 시작할 때(처음에는 라디오 작가를 꿈꿨으나) 나는 작가로 취업하면 당장 글을 쓰는 멋있는 사람이 되는 줄 알았다. 하지만 꿈과 현실은 너무나도 달랐다. 글은 무슨, 끽해야 홈페이지 미리 보기와 공문 작성을 하는 것이 내가 쓸 수 있는 글의 전부고, 선배님들의 커피 심부름을 하고 연예인 섭외도 아닌 촬영 장소를 찾고 섭외하는 것이 가장 큰일이었다. 그래서 흔히 예능 작가를 JOB가라고 한다는 사실을 알게 되었다. 특히 대본이랄 것이 딱히 없는 리얼 프로그램들의 경우에는 글이란 걸 쓸 일은 거의 없기에 아직까지도 나는 글을 쓰는 날보다 안 쓰는 날이 더 많다.

그렇다면 도대체 예능 작가들은 무슨 일을 하냐고 물을 텐데 정말 버라이어티한 일을 한다. 프로그램에 따라 다르겠지만 아이디어를 내는 것은 물론이고, 자료 조사, 출연자 섭외, 장소 섭외, 시사, 대본, 자막, 촬영 현장 어레인지 등 다양한 일을 한다. 처음에는 이게 내가 생각하는 작가가 맞나 싶었지만 이 많은 것들을 해내 가면서 다양한 능력을

기르게 되었다. 잡스러운 일까지 한다는 잡가가 아니라 무슨 일이든 해낼 수 있는 JOB가가 되기까지.

세상에 나쁜 프로그램은 없다

20대에는 무조건 유명한 프로그램을 하고 빵빵 터뜨려서 작가상을 받는 꿈이 있었다.

하지만 지금의 나는 유명하지 않아도 내가 행복한 프로그램을 하고 싶다. 그렇게 욕심이 없어서야 되겠냐 싶지만 유명한 프로그램을 한다고 행복한 작가의 삶이라고 할 수 없고, 유명하지 않은 프로그램을 한다고 행복하지 않은 작가의 삶이라고 할 수 없기 때문이다. 어떤 프로그램을 만드는 작가든 모든 작가들은 자신의 프로그램에 사명감과 자부심을 갖고 프로그램을 만든다. 그렇기에 좋은 프로그램 작가도, 나쁜 프로그램 작가도 없다.

I가 E로 변하기까지

"혈액형이 뭐예요?", "별자리가 뭐예요?"를 묻던 시절은 지났다. 요즘은 MBTI를 빼면 말이 안 되는 세상이기에. 처음 보든 알던 사이든 서로 MBTI를 묻기에 바쁘다. 나는 사실 MBTI에 별로 관심이 없었기에 검사를 미루고 미루다 도저히 사람들과 대화가 되지 않아 억지로 MBTI 검사를 했다.

ENFJ는 정의로운 사회운동가란다. 전 세계 인구 중에 2.5%로 희귀한 유형. 사람을 좋아하고 이상적이며 타고난 지도자형으로 카리스마가 있음. 말하는 재능, 글 쓰는 재능이 있음. 타인의 관심사에 귀 기울이며 그들을 배려하고 표현이 설득적임. 옳은 일을 위해 쓴소리를 마다하지 않음. 핵인싸가 되고 싶어 함. 마이웨이 기질이 있음. 모든 일에 의미를 부여함. 나 스스로를 잘 앎. 마음이 약해 맺고 끊는 것 역시 약하지만 자신의 기준을 넘어서면 뒤도 안 돌아보고 손절. 연애할 때 그 사람에게 푹 빠져서 헌신함.

그렇게 결과가 나왔지만 반은 맞고 반은 틀리기에 이 MBTI가 맞긴

나는 40에 사춘기가 왔다

한 건지 의문이다. MBTI 신봉자들이 많고 많지만 난 맹신자가 아니므로. 분명한 것은 나는 I에서 E로 바뀐 것 같다는 사실이다. 고등학교 시절까지만 해도 나는 친한 친구들 사이에서는 활발했지만 처음 보는 사람들 앞에서는 한마디도 안 할 만큼 낯가림이 심했다. 대학교에 입학한 나는 교지편집국에서 기자 일을 시작하게 되었고 그 이후로 점점 E의 기질로 변해 갔다. 기자 일은 취재를 하고 기사를 쓰고 편집을 하는 일의 연속이었는데, 취재를 하기 위해서는 모르는 사람들을 만나는 일이 너무나도 많았다. 낯을 가리지만 안 가리는 척 말을 이어 나갔고 4년을 그러다 보니 이제는 처음 보는 사람들과도 말을 잘하게 되었다. 내가 먼저 말을 거는 경우는 드물지만 상대방이 말을 걸어 대화가 시작되면 그때부터는 그렇게 공감과 리액션을 대방출한다. 이는 소개팅에서도 이어졌다. 5분 만에 일어나고 싶다는 상대가 나오더라도 그 어색한 분위기도 싫고, 소개해 준 주선자 입장도 있으니 아주 최선을 다해서 대화를 이어 나간다. 그러다 보니 가끔 상대방이 자신이 마음에 들었다고 착각해 애프터가 오는 난감한 상황도 있다. 이럴 땐 I처럼 했어야 하는데 말이다. 아무튼 I에서 E로 바뀐 MBTI이기에 언제 내가 다시 I로 돌아갈지는 알 수 없을 것 같다.

BTS를 알아본 선견지명

빌보드를 점령한 세계적인 BTS가 방탄소년단의 이름으로 '상남자' 활동을 하던 신인 시절, 나는 파릇파릇한 그들에게 나도 모르게 빠져들었다. '왜 내 맘을 흔드는 건데'라는 가사에 꽂혀 너의 누나가 되고 팠다. 음악 프로그램을 하던 시절 BTS 뷔를 MC로(비록 스페셜 MC 자리였지만) 강력 주장했다. 그리고 스스로 너무나 만족했다. 이 정도로 세계적인 분들이 될 것이라고까지는 예상하지 못했지만 신인 시절부터 그들을 알아보고 좋아한 나 자신을 칭찬한다. BTS의 사인 CD(무려 '작가님이 최고임👍'이라는 메시지가 적힌)를 가보로 간직하는 아미의 일원으로.

여의도 찌라시

일반인 친구들은 가끔 나에게 참 궁금한 것이 많다.

"A랑 B랑 불륜이라던데 진짜야?"

"C가 마약을 했다며?"

"D가 혼전 임신해서 결혼한다던데?"

그 찌라시를 가장 먼저 듣는 것은 방송국 일을 하는 내가 아니라 오히려 일반인 친구들이다. 내가 처음 듣는 얘기라고 말하면 방송국 다니는 애가 그것도 모르냐고 한다.

한번은 내가 하고 있는 프로그램 내에서 찌라시가 돌아 수백 통의 연락을 받았다. 난 친구들에게 단호하게 얘기했다. 그거 사실 아니고, 우리 피디님이 지금 이렇게 찌라시 퍼다 나르는 사람들 다 고소한다니까 너네도 조심해. 그 이후로 연락도 찌라시도 잠잠해졌다.

모든 방송국 사람들이 소문에 빠르지는 않다. 얘들아, 방송국 다니는 사람들이 소문을 제일 늦게 안단다. 정작 내가 하고 있는 프로그램이 폐지된다는 것도 내가 제일 늦게 알거든.

식상한 질문

나를 처음 만나고 내 직업이 방송 작가라는 것을 알게 된 이들은 많은 질문을 쏟아 낸다.

"뉴진스 실제로 봤어요?"

"봤던 여자 연예인 중 제일 예뻤던 여자 연예인은 누구예요?"

"이번에 사건 터진 연예인 원래 어때요?"

"연예인 누구랑 친하세요?"

.

.

.

한참을 질문 폭탄을 늘어놓은 뒤에야 아차 싶었던 이들이 또 묻는다.

"이런 질문 많이 들으시죠? 식상하죠?"

차마 그렇다고 대답하지 못한 나는 그저 웃으며 생각한다.

네, 식상해요. 그리고 저도 본 연예인보다 못 본 연예인이 더 많아요. 심지어 그렇게 친한 연예인도 없어요….

나는 40에 사춘기가 왔다

갑질의 최후

바야흐로 17년 전. 내가 막내 작가 시절 번지점프대로 답사를 간 적이 있었다. 그때 메인 피디는 청천벽력 같은 소리를 했다. "내가 카메라 각도를 봐야 하니 네가 직접 뛰어내려!"

나는 자이로드롭도 못 타서 늘 친구들의 가방 지킴이였는데 저기서 뛰어내리라고? 나는 고개를 절레절레 저었다. 하지만 그가 하는 말은 더 가관이었다. "야! 저거 원래 돈 주고 하는 거야. 그걸 공짜로 시켜 주겠다는데 안 한다고? 너 잘리고 싶어?" 순간 나를 지켜 주지 않는 작가 언니들도 너무 원망스러웠지만 나에게는 잘릴 수 있다는 사실이 더 무서웠다. 이게 잘리는 이유가 된다고? 이 무슨 갑질 중의 갑질이란 말인가. 결국 나는 공포심을 안고 뛰어내렸고 펑펑 울었다. 그런 나를 토닥여 준 건 떨어진 나를 보트에서 받아 준 번지점프대 직원뿐이었다. 나는 그 피디와 다시는 일하지 않겠다고 다짐하며 차라리 프로그램이 빨리 종영하길 바랐고 그 바람은 얼마 지나지 않아 이루어졌다. 그 이후로 그 피디는 몇 번의 전화를 해서 프로그램을 하자고 제안했고 나는 갖은 방법으로 거절을 했다. 몇 년이 흘러 한 장례식장에서 만난 그는 꽤나 반가운 척을 했다. "잘 지냈어? 너 내가 몇 번을 같이 하자고 했는데 계속 거절하더라. 많이 컸다?" 여전히 재수 없는 말투였다. 이제 막내 작가가 아닌 나는 당당하게 되받아쳤다. "많이 컸죠! 저 이제 막내 아니에요!"라고. 당황한 듯한 그를 뒤로한 채 나는 통쾌함을 느꼈다. 내가 언제까지 막내일 줄 아냐? 그리고 다시는 너 같은 놈이랑 일 안 할 거거든!

세상 쓸데없는 걱정

가수, 배우, 셀럽 등 국내와 해외에는 수많은 연예인들이 존재한다. 그리고 대중들은 그들을 통해 많이 웃고 때로는 많이 울기도 한다. 대중의 관심을 받는 그들은 한순간에 이미지가 떡상이 되기도 하고 나락으로 떨어지기도 한다. 도박, 음주운전, 이성문제, 폭력, 사기 등등 실드가 불가한 사고를 치고 나면 대중들은 그들을 매장시킬 정도로 비난을 퍼붓는다. 나도 내가 좋아하는 연예인이 사건 사고에 휘말렸을 때 그가 안타깝지도 했지만 밉기도 했다. 다시 복귀는 할 수 있을지, 앞으로 어떻게 살지 걱정했다. 하지만 그런 사건 사고들을 치고도 당당하게 복귀하는 이들도 많고, 수십억의 빚을 단 몇 년 만에 갚기도 하고(일반 사람들이라면 평생을 갚아도 힘들 액수인데도 말이다), 이대로 연예계를 은퇴해도 이미 평생 먹고살 만큼 벌어 놓은 이들도 있다.

'걔 이제 어떡하니?'라는 건 기우에 불과하다. 남의 연애 걱정만큼이나 세상 쓸데없는 걱정은 바로 연예인 걱정이다. 그 시간에 내 걱정이나 해야지.

나를 술 푸게 하는 일

아이러니

일을 할 때는 일이 죽어라 하기 싫다.

그런데 일이 없으면 일이 죽도록 하고 싶다.

지금 당장 일을 시작한다면 밤샘 열정도 불태울 수 있을 것 같다.

일은 왜 하면 하기 싫고 안 하면 하고 싶어지는 것일까?

이중인격

업무 전화와 가족의 전화를 대하는 나의 태도는 무척이나 다르다.

업무 전화를 할 때는 그렇게 상냥할 수가 없고 잘 웃을 수가 없는 나인데, 가족의 전화를 받을 때면 유난히 무뚝뚝하다. 주변에서 누가 봐도 가족이랑 전화한다는 것을 느낄 정도로.

세상 친절하게 전화를 받는 나의 모습에 아빠는 이렇게 얘기하셨다. "토할 것 같다, 야."

아빠, 사회생활이 날 이렇게 만든 거예요.

나를 슬프게 하는 일

내가 네 후배가 아니라서 다행이야

선배들에게 너무나도 싹싹한 서브 작가 후배가 있었다. 그런데 이상하게도 그 후배 밑에 있는 막내 작가들이 자꾸만 일을 그만두겠다고 하는 일이 반복되었다. 작가 일을 아예 그만두고 싶다거나, 집안에 일이 있다거나, 몸이 안 좋다거나 핑계 같은 이유들이 다분했다. 나중에야 그 싹싹한 서브 작가 후배가 막내 작가들을 쥐 잡듯이 잡았다는 사실을 알게 되었다. 거의 히스테리적으로 말이다. 나에게만은 싹싹했던 그 서브 작가 후배는 날이 갈수록 감정이 태도가 되는 행동을 드러냈다. 기분이 좋은 날은 거의 조증에 가까웠고 기분이 나쁜 날은 대꾸도 하지 않은 채 회의실 분위기를 싸하게 만들었다. 그 아이를 자르지 못하고 내가 먼저 프로그램을 그만두게 된 상황이 된 것이 한스러웠다. 난 왜 그 아이로부터 막내 작가들을 지켜 주지 못했을까 하는. 그 아이는 결국 나에게 자신이 우울증 약을 먹고 있는데 감정 조절이 잘되지 않는다는 얘기를 했다. 그걸 정당화하기엔 너무 많은 이들이 상처를 입었다. 이후에 듣게 된 이야기로는 그 아이가 결국 잘렸다고 하더라. 지금도 누군가 나에게 그 아이에 대해 물으면 추천하지 않는다. 더 많은 피해자를 만들지 않기 위해서.

뭐라도 해야지

일과 백수 생활을 반복하면서 백수 생활이 조금씩 길어지면 불안감에 휩싸인다.

이것저것 자격증을 알아보다 알바 자리를 알아본다.

그러다 이도저도 안 된다 싶으면 노트북을 켠다.

그래도 명색이 작가인데 뭐라도 해야지 하는 심정으로 글을 써 내려간다.

이 끄적거림이 언젠가 누군가의 공감을 얻을 수 있길 바라는 실낱같은 희망으로.

나는 40에 사춘기가 왔다

제2의 직업이 필요해

예능 작가 18년 차. 오래도 해 먹었다 싶지만 아직 살아갈 인생이 너무나 많이 남아 있다. 100세 시대가 되었고(물론 사람 가는 데 순서는 없지만) 이제 40인데 이 작가 일을 얼마나 더 오래 할 수 있을지 가늠이 되지 않는다. 진짜 길게 봐서 10년 더 해 먹으면 좋겠지만 그것도 장담을 할 수가 없다. 연차가 높아질수록 일자리는 줄어들기 때문이다.

프로그램이 하나 끝날 때마다 주변 사람들은 묻는다. "다음 프로그램은 뭐야? 뭐 할 거야?"

나도 모른다. 이 프로그램 끝나면 그냥 백수이기에. "힘들어서 당분간 좀 쉬려고"라고 말은 했지만 쉬는 기간이 한 달 이상 넘어가면 사실 불안해질 수밖에 없다. 운 좋게도 나는 2달 이상 쉬어 본 적은 거의 없지만 그 운발이 언제 끝날지도 모른다.

뭐라도 해야겠다는 생각에 바리스타 자격증 공부를 시작했다. 심지어 국내 자격증도 아닌 국제 자격증을 따기 위해. 이 사실을 안 동생이 쓸데없는 짓을 한다며 해외 가서 카페를 차릴 거냐고 핀잔을 줬다.

나를 술 푸게 하는 일

내가 뭐 지금 차린대? 차릴 돈도 없거든?

노는 것보다 뭐라도 배워 놓으려고 하는 거거든? '뭐라도 하다 보면 제2의 직업을 찾을 수 있겠지'라는 심정으로.

시집이 직장은 아니잖아요

엄마에게 맞선 자리가 들어왔단다. 연봉 7,000의 대기업 직원이고 집안도 아주 좋단다.

"그 사람한테 시집가면 돈 안 벌고 편하게 살아도 돼. 언제까지 그렇게 맨날 밤새고 정해진 휴가도 없이 살래?"라며 엄마가 건넨 사진 한 장.

미안하지만 도저히 못 만나겠더라.

엄마, 그냥 뼈 빠지게 열심히 일할게요. 알바도 할게요.

그리고 시집이 내 직장이 되는 건 아니잖아요.

난 아직도 모르잖아요

변심한 남자의 마음만큼이나 모르겠는 것이 있다. 바로 시청자의 마음! 예능 작가를 18년 하고도 아직도 나는 시청자의 마음을 잘 모르겠다. 이 프로그램이 과연 재미있을까? 이 장소는 과연 매력적일까? 이 출연자는 사람들이 좋아할까? A라는 방향으로 가다가도 한순간에 B라는 방향으로 회의가 확 틀어지기 일쑤이다. 하지만 아무도 그것에 대한 확신은 없다. 누가 시청자의 마음을 장담할 수 있단 말인가? 정답이 있다면 모든 프로그램들이 시청률과 화제성 대박을 치겠지. 심지어 요즘은 TV를 본방으로 보는 사람들도 거의 없고 OTT나 짤로 보기 일쑤이니. (그럼에도 불구하고 10% 넘는 프로그램들 있음 주의) A로 갔다 B로 갔다 하던 회의는 결국 돌고 돌아 원점이고 우리는 이 한마디로 퇴근을 알린다. "내일 다시 얘기하도록 하고 술이나 먹으러 가시죠!"

일로 나간 해외

　해외라고는 대학교 4학년 때 수학여행으로 간 태국이 처음이었던 내가 어느 순간 해외 촬영 전문(?) 작가 급으로 해외 촬영을 많이 나가게 되었다. 중국, 발리, 독일, 체코, 오스트리아, 스페인, 이탈리아, 모로코, 심지어 아이슬란드까지. 해외 촬영을 간다는 소식을 들으면 주변에서는 다들 부러워한다. 공짜로 해외 가는 거 아니냐고. 공짜고 뭐고 간에 놀러가야 좋은 거지, 일하러 가면 여기가 해외인지 한국인지 헷갈릴 때가 종종 있다. 발리 촬영을 했지만 그 에메랄드 빛 바다에 발 한 번 담그지 못했으며 피자로 유명한 나폴리에서 열흘 내내 피자 한 번 못 먹고 내내 중국식 볶음밥만 먹었으니 말이다. 물론 좋은 일이든 힘든 일이든 살면서 못할 경험을 한 적도 많다. 두 달을 넘게 준비한 촬영지에서 하루 만에 쫓겨나는 뼈아픈 기억부터 살면서 한 번도 보기 힘들다는 오로라를 3번이나 본 기억까지 다양한 나라들을 다녔던 만큼 다양한 노하우도 기억도 쌓여 그것이 커리어가 된 듯하다. 평탄하기만 한 촬영이었다면 무슨 발전이 있었겠는가. 그렇게 또 기억은 미화된다.

지랄 총량의 법칙

야외 버라이어티, 음악 프로, 연애 프로, 음식 프로, 해외여행 프로, 시상식까지 생각해 보면 참으로 많은 프로그램들을 했다. 35개가 넘는 프로그램들 중에는 이름만 들어도 알만한 프로그램들도 있고 말해도 모르는 프로그램도 있다. 그런데 프로그램은 할 때마다 빡세고 힘들다. 이렇게 힘들 수가 있나 생각이 들 정도로. 새 프로그램을 할 때마다 남들은 왜 2~3개의 프로그램을 하면서 돈도 많이 버는데 난 하나 하는 것도 이렇게 힘든가 싶을 때가 많다. 그런 나를 보는 부모님은 넌 왜 일을 하면 할수록 빡센 프로그램만 하냐고 말씀하실 정도다.

지랄 총량의 법칙은 정말 존재하는 것인지 사람이 좋으면 일이 힘들고, 일이 괜찮은 듯하면 사람이 힘들게 하고, 숨 쉴 만하다 싶으면 출연자가 말썽이거나 촬영 장소가 말썽이며, 야외 촬영인데 날씨가 지랄 맞을 때도 있다. 신이 이 정도 고난은 있어야 프로그램다운 거 아니냐고 고난을 내려주는 것같이 말이다. 왜 일은 해도 해도 힘들고 사건은 매번 터지는가? 마치 가장 최근에 한 이별이 가장 아프듯이 가장 최근에 한 프로가 제일 힘들었던 기억으로 남는 건 어쩔 수 없나 보다.

리얼리티의 세계

　요즘 대중들은 눈치가 빨라서 뭐가 진짜 리얼이고 뭐가 가짜인지를 잘 구별해 낸다고 한다. 그런데 진짜 리얼임에도 짜고 치는 것이라는 오해를 받으면 정말 맥이 빠지고 분통이 터질 때가 많다. 물론 일부 프로그램들은 리얼리티라고는 했지만 콩트 형식으로 대본이 다 짜여 있고 그대로 하는 경우도 있지만 나는 그런 프로그램에 맞지도 않는 성향이라 그런 프로그램을 만들어 낼 자신이 없다. 그렇게 다 짜 주는 건 출연자의 역량을 너무 못 믿고 가둬 두는 거 아닌가 하는 생각이 들기 때문이다. 가장 억울한 오해를 받았을 때는 '윤식당' 때였다. 길고 긴 준비 기간 끝에 공사만 한 달 이상 걸려서 만든 가게가 장사 하루 만에 철거를 당했다. 모든 제작진은 멘붕이었고 눈물까지 나는 상황이었다. 한국인이 아니면 안 될 일이었겠지만 기지를 발휘해 하루 만에 가게를 다시 구하고 밤새 세팅을 해서 영업을 재개했고 성황리에 잘 끝났다. 하지만 그것이 시나리오라고 생각한 사람들이 꽤 있었다. 극적인 상황을 위해 일부러 철거를 당하게 한 것 아니냐고. 진짜 억장이 무너지는 소

나를 술 푸게 하는 일

리였다. 극적인 상황을 연출하기 위해서 한 달 넘게 돈과 정성을 쏟아 부어서 가게를 만든다고? 정말 술을 푸게 만드는 억측이다. 그런 발상을 해 본 적 자체도 없지만 그런 발상을 하는 사람들은 대체 뭘 보고 하는 소리인가 싶었다. 한 달을 넘게 흘린 피땀, 눈물과 가게가 무너질 때 제작진의 무너진 마음을 한 번이라도 생각했다면 하지 않았을 소리일 것이다. 가끔 리얼리티에 속을 때도 있지만 그렇지 않은 리얼리티도 많다는 것!

Next Level

일을 하게 되면서 늘어난 나의 능력치.

① 술 : 대학교 1학년 때 맥주 500 먹고 쓰러진 애가 맞나 싶을 정도
로 늘어 버린 주량

② 친화력 : 낯선 이들과 한 마디도 안 하던 I에서 모르는 사람과도 말
을 잘 섞는 E로!

③ 편집증 : 톡에서도 줄 간격, 띄어쓰기, 맞춤법을 신경 쓰는 수준

③ 조급증 : 후배들에게 "내가 절대 쪼는 건 아니고… 언제 줄 수 있
어?"라는 말을 반복

④ 음악 지식 : 트로트, 7080가요, 90년대 가요, 팝, 아이돌, 심지어 성
악까지 섭렵

⑤ 요리 : 해 주는 음식만 먹다가 혼자 해 먹고 무언가를 조합해서 만
들어 내는 요령

나를 술 푸게 하는 일

⑥ 개그감 : 친구들과의 대화에서도 내가 제일 웃기지 못하면 자존심

   상해 견딜 수 없음

⑦ 뻔뻔함 : 회의할 때 이게 성사가 되든 안 되든 말이 되든 안 되든

   뱉어 내는 아이디어

⑧ 불면증 : 밤새는 일이 허다하다 보니 잠을 몇 시간 안 자도 견딜 수

   있게 됨

⑨ 화를 다스리는 법 : 그러려니. 다 이유가 있겠거니. 안 좋은 일은

   빨리 털어 내려는 긍정성

※단, 어느 하나 전문적으로 깊은 지식은 없음※

나를 술푸게 하는 인생

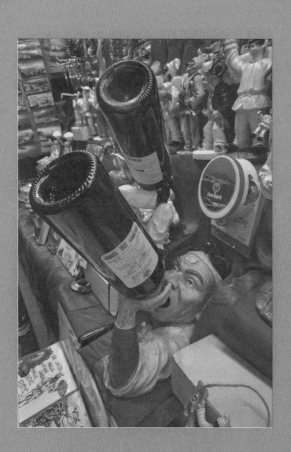

일찍 일어나는 새가 피곤하다

주위를 보면 참으로 부지런한 사람들이 참 많다. 일을 하면서 나보다 먼저 책을 발간한 후배, 아침 6시에 일어나서 수영을 하고 출근한다는 후배, 쉬는 날은 무조건 테니스든 목공이든 취미활동을 하는 후배, 일주일에 한 권은 책을 읽는다는 후배들의 얘기를 들으면 내가 얼마나 게으른지를 뼈저리게 느끼게 된다. 잠자는 시간을 줄이면 줄일수록 남들보다 더 많은 일을 할 수 있는 시간을 벌 수 있는 건 당연하다. 게으름을 채찍질하며 알람시간을 당겨서 맞추어 본다. 다음 날 아침 알람이 울리자마자 생각한다. '생각해 보니 걔들은 다 후배들이잖아. 늙은 내가 더 피곤한데 한 시간이라도 더 자자'라고.

그래. 박명수님은 이런 명언을 남기셨지. 일찍 일어나는 새가 피곤하다.

한정적 부지런함

　그렇게 게으른 내가 부지런할 때가 있다. 일할 때(먹고살려면 어쩔 수 없음+급한 성질)와 놀 때! 특히 여행을 할 때는 그렇게 부지런할 수가 없다. 여행을 갈 때면 일출 때 나가서 대중교통이 끊기기 직전에 들어오니 말이다. 최소 17시간을 돌아다니며 3만 보 이상은 걷는다. 운동을 극도로 싫어해서 내돈내산으로 헬스장이나 필라테스 가는 것을 이해 못 하는 내가 남들은 많아야 하나밖에 안 간다는 전망대를 하루에 3개를 가도(1,000여 개의 계단을 올라야 하는) 지치지 않는다. 그리고 낮밤으로 술을 마시며 도저히 혼자 먹었다고 아무도 믿지 않을 만큼의 음식을 먹는다. 이런 부지런함을 평소에도 유지한다면 얼마나 좋을까마는 나는 한정적 부지런함만 발휘되는 어쩔 수 없는 여행 개미이다.

무너진 추억

30대 중반의 나는 그제야 혼자 해외여행이 하고 싶어졌다. 내가 첫 혼자 해외여행으로 택한 곳은 직항이 있으며 없던 연인도 생길 것 같은 프라하가 있는 나라 체코! 비행기표부터 무작정 끊고 나니 갑자기 두려움이 앞서 가기가 싫어졌다. 숙소나 제대로 찾아갈 수 있을까? 유럽은 치안이 안 좋다던데 무사할 수 있을까? 체코어는 물론이고 영어도 잘 못하는데 의사소통은 어떻게 하지? 온갖 불안감들이 머리를 떠돌았다. 나이 걱정과는 달리 체코는 너무나도 아름다웠고 매일 광장에만 앉아 있어도 행복했으며 언어를 알아듣지 못해도 돈 조반니 인형극은 재미있었으며 사람들마저 친절했다. 카를교에서 키스를 나눌 연인은 없지만 투어에서 만난, 대기업에 다닌다는 언니와 술잔을 기울이며 결혼 따위 하고 싶지 않은데 왜 주변에서는 결혼 타령인지 모르겠다는 공감대를 형성한 것도 흥미진진했다. 프라하의 연인은 만들지 못했지만 나의 첫 해외여행은 대만족이었다.

하지만 몇 년 뒤 촬영으로 다시 찾은 체코는 나에게 안 좋은 기억만

남겨 주었다. 섭외한 촬영지마다 펑크가 나고 사람들조차 불친절하기 짝이 없었다. 소중했던 내 첫 해외 여행지의 추억을 이렇게 망쳐 버리다니 화가 났다. 역시 일로 가면 그 어떤 장소도 별로인가 보다 생각하며 나는 다시는 체코를 가지 않겠다고 마음먹었다.

나를 술 푸게 하는 인생

생각 분리수거

생각이 넘쳐 더 이상 비집고 들어갈 생각이 없을 때가 있다. 그럴 때한 번씩 생각 비우기를 해야 하지만 그게 맘처럼 쉽지 않다. 생각 비우기가 힘들다면 생각 분리수거를 해 보자. 슬픔, 분노, 공허함, 행복, 설렘을 차곡차곡 분리수거 해 보자. 그러다 보면 재활용이 가능한 생각과 불가능한 생각이 가려질 것이다. 재활용이 불가능한 것을 찾았다면 그때 버리면 된다.

나는 40에 사춘기가 왔다

소확행

사는 게 하루하루가 힘들고 버거울 때 소확행을 찾아보자.

오늘 하루 어떤 하나라도 행복한 일이 있었는지.

휴일 날 알람 없이 잠에서 깰 수 있어 행복했고, 한 달 걸린다던 해외 배송이 생각보다 빨리 도착해서 행복했고, 친구가 커피 쿠폰을 보내 줘서 행복했고, 딱 적당한 바람을 느끼며 자전거를 타서 행복했고, 맵디 매운 떡볶이를 먹어서 행복했고, 누군가에게 기대하지 않은 칭찬을 들어서 행복했고, 읽고 싶은 책을 다 읽어서 행복했고, 좋아하는 드라마를 보며 울고 웃어서 행복했고, 이별 없는 하루를 보내서 행복했다.

하루에 하나씩만이라도 소확행을 찾는다면 매일이 행복해질 수 있다.

나를 술 푸게 하는 인생

자존감 올리기

나만 빼고 모든 이들이 열일을 하는 것처럼 보일 때가 있다.

나만 빼고 모든 이들이 행복해 보일 때가 있다.

자존감이 떨어지면 나만 불행하고 모두 행복해 보인다.

하지만 말을 하고 있지 않은 다른 어떤 이들 눈에는 내가 그렇게 보일 것이다.

그러니 누군가를 보며 자존감을 떨어트릴 필요는 없다.

누군가에게는 내가 자격지심의 대상이 될 수도 있으니 말이다.

나는 40에 사춘기가 왔다

나 자신 칭찬해

오늘 하루 아무도 나를 칭찬해 주지 않았다면 내가 나를 칭찬해 주자.
나라도 나를 칭찬해 줘야 앞으로 더 칭찬받을 일을 할 수 있으니까.
잠들기 전, 오늘 하루 잘 버텨 낸 나 자신부터 칭찬해 주자.

나를 술 푸게 하는 인생

우리는 모두 멋있다

사람에게는 각자의 다른 능력이 있다. 그 능력은 자기 자신이 찾기도 하고 주변 사람들의 인정으로 찾아지기도 한다. 섭외를 잘하는 작가가 있고, 자료 조사를 잘하는 작가가 있고, 아이디어가 좋은 작가가 있고, 글발이 좋은 작가가 있듯이.

그래서 나는 나와 다른 분야에 있어 뛰어난 사람을 보면 너무 멋있다는 생각이 든다. 노래를 잘하는 사람이 멋있고, 기계를 잘 다루는 사람이 멋있고, 운동을 잘하는 사람이 멋있고, 법률을 잘 아는 사람이 멋있고, 음식을 잘하는 사람이 멋있고, 말을 잘하는 사람이 멋있고, 그림을 잘 그리는 사람이 멋있고. 다 나열하기도 힘들 만큼 멋있는 포인트들이 많다.

아무리 평범해 보이는 사람이라고 해도 뭐 하나만은 잘한다. 그러므로 우리 모두는 멋있다.

인간극장

    '인간극장'을 보다 보면 세상에는 정말 다양한 사연을 가진 다양한 사람들이 있다는 걸 느끼게 된다. 누군가는 아프고, 누군가는 행복하고, 누군가는 처절하고, 누군가는 가슴 아린 삶을 살아간다. 똑같은 사연을 가진 사람도, 똑같은 에피소드를 만드는 사람도 없다. 드라마를 쓴다고 해도 이보다 더 리얼한 드라마를 쓸 수 있을까 싶다. 때 묻지 않은 생생한 표정. 말투에 우리는 울고 웃는다. 그 사람의 삶에 빙의해서. 저렇게만은 살고 싶지 않다는 생각도, 저렇게 살고 싶다는 생각도 하면서. 평범하고 재미없어 보이는 나의 삶도 누군가를 울고 웃길 수 있는 삶일 수도 있다. 누구나 인간극장을 만들면서 살고 있으니까.

처음이라서

윤여정 선생님께서 하신 말씀들 중에 잊히지 않는 말들이 몇 가지 있다.

"육십이 돼도 인생을 몰라요. 내가 처음 살아 보는 거잖아. 나 67
살이 처음이야. 내가 알았으면 이렇게 안 하지. 처음 살아 보는 거
기 때문에 아쉬울 수밖에 없고 아플 수밖에 없고. 계획을 할 수가
없어. 그냥 사는 거야. 그나마 하는 거는 하나씩 내려놓는 것, 포기
하는 것. 나이 들면서 붙잡지 않는 것."
"나는 노을 지는 게 너무 싫은 거 있지. 싫어. 노을 지면 너무 슬퍼.
꼭 울어야 될 것 같아. 난 노을 질 때 굉장히 슬퍼. 혼자 있을 때 운
적도 많아. 너무 아름다워서 슬프다구. 이제 꼴깍 넘어가지? 저러
다가. 내가 나이가 들어서 석양이 싫은 건가?"

어떻게 이런 생각들을 갖고 이런 말씀들을 하실 수 있는지 깜짝깜짝
놀랄 정도로 선생님의 인생에는 정말 많은 것들이 담겨 있다고 깨닫는

다. 우리는 모두 첫 인생을 살고 있다. 나도 마흔은 처음이다. 매해가 첫 인생인 것이다. 그래서 늘 실수하고 넘어지고 상처가 아물 날이 없다. 모든 것이 계획대로 되지도 않는다. 그렇다고 포기가 쉽지도 않다. 선생님께서 노을을 보고 슬프다고 얘기하셨을 때부터 왜인지 나도 노을을 보면 슬퍼질 때가 많았다. 아직 그만큼의 인생사도 깊이도 한참을 못 미치지만 노을이 꼴깍 내 눈에서 넘어갈 때 내 마음도 꼴깍 넘어가며 눈물이 난다.

나를 술 푸게 하는 인생

나에게 좋은 사람

　누군가에게는 천하의 나쁜 사람도 나에게 좋은 사람이면 좋은 사람인 것이다.

　수십 개의 프로그램을 해 오면서 정말 많은 사람들을 만나왔다. 대외적으로는 좋은 이미지의 연예인도 내 프로그램에 와서 진상을 부리면 나에게는 나쁜 사람이다. 그저 그런 프로그램(인지도 낮고 시청률 낮은 프로그램)을 할 때는 세상 하기 싫다는 얼굴과 말투로 나를 대하던 모 연예인, 일명 A를 좋은 프로그램(인지도 높고 시청률 높은 프로그램)에서 만났다. A는 나를 모르는 듯 작가님, 작가님 하면서 세상 열정을 불태우며 나를 챙겼다. 그 연예인은 나를 몰랐겠지만 난 그 실체를 알고 있는데 말이다. 그래서 A는 나에게 좋은 사람이 아니다. 반면, 나에게 너무나 잘했던 연예인 B가 다른 프로그램에서는 그렇게 진상이었다고 하더라. 하지만 나에게 B는 너무나 좋은 사람이다. 누구나 나에게 좋은 사람이 좋은 사람이니까.

자존심 덜어 내기

　30대 초반까지도 나는 자존심이 밥 먹여 주는 사람이었다. 피디와도 연인과도 타협이 별로 없었다. 피디가 조금이라도 이상한 얘기를 하면 "뭐 저런 아이디어를 내지?", "그건 안 될 것 같은데"라는 말로 타협을 하지 않았고 연인 사이에 다툼이 생겨도 먼저 연락을 하거나 사과하는 일이 없었다. 하지만 30대 중반을 넘어가면서 나에겐 많은 타협이 필요했다. 메인 작가의 자리에 오르면서 피디와도, 더 위의 세력들과도 타협해야 했다. 어린 시절에 피디와 타협하는 선배들을 보면 저 선배는 피디한테 잘 보이려고 작가들 생각은 안 하나 생각했다. 하지만 그 타협이 어느 때는 나에게 딸린 작가 후배들을 지킬 수 있는 방법이기도 하다는 것을 알았다. 물론 이 사실을 모르는 후배들에게 나는 자존심 버리고 타협만 하는 사람으로 비춰질 수 있다. 내가 어릴 적 선배들을 그렇게 보았듯이. 내 자존심만 지키면서 어떻게 모든 것을 얻을 수 있겠는가. 자존심 조금 버린다고 해서 내 자신이 무너지는 것은 아니다. 그렇게 해서 지켜 온 자리가 이 자리다, 이것들아! 너희들도 윗자리로 올라설수록 느끼게 될 것이다.

사과

미안해.

한 마디면 될 일을 감정의 골을 깊게 만들어 크게 만드는 사람들이 있다.

사과를 먼저 하는 건 절대 자존심 상하는 게 아니다.

사과를 한다고 지는 게 아니다. 잘못을 빠르게 인정하고 사과해 보자.

내가 먼저 손을 내밀어 보자. 그게 이기는 일이다.

무소유

나는 물욕이 많은 편은 아니다. 딱히 명품에 관심도 없고 엥겔지수가 높은 것 외에는 물건을 많이 사는 편이 아니다. 그럼에도 불구하고 숨만 쉬어도 한 달에 왜 몇 백의 돈이 나가는 것일까? 생활비, 건강보험료, 보험료, 휴대폰료 등 꼭 필요한 돈만 나가는데도 통장에 돈이 꽂히기 무섭게 빠져나간다.

우리는 과연 무소유의 삶을 살 수 있을까? 욕심을 버리고 무소유의 삶을 살기에 우리 삶에 들어가는 비용은 너무나 버겁다.

단톡방을 읽지 않는 이유

읽지 않은 메시지 300개. 늘 쌓이는 이 메시지는 알람을 꺼 놓은 단톡방 때문이다. 이렇게 몇 백 개에서 몇 십 개의 메시지가 오는 단톡방이 2개 있다. 고등학교 친구들과 대학교 친구들의 단톡방. 물론 이 방에는 나를 제외하고 모두 유부녀, 게다가 애 엄마들이다. 서로의 육아 정보와 남편과 시댁 얘기를 하는 것에 난 어떤 공감도 할 말도 없기에 대꾸를 할 게 없다. 친구들아, 일부러 답을 안 하는 게 아냐. 정말 할 말이 없어서 그러니 오해하지 말아 주렴.

나는 40에 사춘기가 왔다

아프니까 인생이다

언제나 내 일이 가장 힘들고, 언제나 내 이별이 가장 슬프다.

세상에 안 힘든 사람 없고 안 슬픈 사람이 없지만 그것이 나에게 닥쳤을 때 모든 불행은 나를 향하는 것 같고 나만 아픈 것 같다. 하지만 다른 이들도 나만큼 힘들고 나만큼 슬프고 나만큼 아프다. 그러니 괜찮다. 다들 아픔 속에서 아무렇지 않은 척 살아가는 것뿐이다.

수고했어, 오늘도

유난히 지친 날이었다. 새벽부터 출근해서 폭풍 같은 일을 하고 다시 새벽이 되어 집으로 돌아오는 택시 안. 밖에는 눈이 펑펑 내리고 있었지만 어떤 낭만도 느낄 수 없었다.

택시에서 내리려는 순간 건네진 기사님의 한 마디.

"오늘도 수고 많았어요."

그 한 마디가 너무 따뜻해서 순간 눈물이 왈칵했다. 아무에게도 위로받지 못했던 지친 하루를 이렇게 모르는 이에게 위로받을 줄은 몰랐다. "기사님도 수고하세요. 감사합니다." 하고 내린 길가에는 눈이 소복하게 쌓여 있었다.

나는 40에 사춘기가 왔다

마스크 속 세상

마스크 속에 갇혀 산 지 2년이 넘었다. 모두 가리고 다니는 게 익숙해서 길거리에서 지나다니는 사람들의 얼굴을 본 게 언제인가 싶다. 친구를 기다리는 길가에서 마스크를 쓰지 않은 채 일을 하시는 아저씨 두 분을 보게 되었을 때 너무나 어색했다. '마스크를 왜 안 쓴 거지?'라는 생각보다는 '저분은 저렇게 생겼구나'라는 생소함이 먼저 다가왔다. 모르는 사람의 얼굴을 마주한다는 것이 이렇게나 어색한 일이라니. 프로그램을 같이한 지 일 년이 넘도록 출연자가 내 얼굴을 모르는 일도 다반사다. 밖에 나갈 때마다 알아서 마스크를 챙겨 쓰는 4살배기 조카를 보면 마음이 안쓰럽다. 저 아이는 아기 시절부터 마스크를 쓰는 게 답답한 일이 아닌 당연한 일상이 되어 버렸기에.

가끔은 마스크를 쓰는 것이 좋을 때도 있다. 생얼로 다니기 힘든 나이(입술만 안 발라도 어디 아프냐고 물어오는 나이)에 생얼로 다닐 수 있다든가, 마주하기 싫은 사람과 마주했을 때 내 표정을 숨길 수 있을 때라든가. 그래도 우리는 완전히 마스크 없이 자유롭게 숨 쉴 수 있는 세상을 매일 꿈꾼다.

나를 술 푸게 하는 인생

어제, 오늘 그리고 내일

흘러간 어제와 오늘은 다시 오지 않는다.

그러니 오늘 하고 싶은 일은 오늘 하고 내일 할 일은 내일 생각하자.

철벽녀들의 도장 깨기

한창 밤과 음악 사이와 별밤에 빠져 있을 때가 있었다. 절친과 나는 더 나이 들기 전에 핫하다는 밤사, 별밤 도장 깨기를 해 보기로 마음먹었다. 우리가 클럽이 아닌 밤사와 별밤에 가는 이유는 힙한 팝보다는 추억 돋는 가요를 좋아하는 우리의 촌스러움 때문이었다. 그 곳에 가는 목적도 남자를 만나는 게 아니라 음악과 춤을 즐기기 위해서다. 물론 남자들이 헌팅을 하면 마다하지는 않았지만. 그들과는 어떤 일도 일어나지 않았다. 철벽녀에 쫄보인 우리에게 원나잇이란 건 상상도 할 수 없는 일이니까.

한번은 절친의 옆에 앉은 남자가 이런 말을 던졌다. "기분 나쁜 일 있으세요? 혹시 똥 씹으셨어요?"라고. 이런 우리에게 무슨 일이 일어날 리가 없다. 고로 우리의 도장 깨기는 정말 순수하게 도장 깨기가 되어 버렸다.

술또라이 ①

지인과 찐하게 달리고 집으로 향하던 길이었다. 난 도로에 있던 하얀색 택시를 잡아타고 "○○호텔로 가 주세요"라고 얘기한 후, 잠이 들어버렸다. 얼마쯤 갔을까?

택시 기사 아저씨가 나를 깨웠다. "아가씨, 다 왔어요."

주섬주섬 돈을 꺼내던 나에게 아저씨는 이렇게 말했다.

"근데 아가씨, 이거 택시 아니에요. 앞으로 조심해서 다니세요."

순간 술이 확 깼다. 뭐라고? 택시가 아니라고? 그럼 날 뭘 탄 거고 저 아저씨는 누구지?

순식간에 차 안을 훑어보니 교회인인 듯한 것이 보였다.

"아가씨가 위험해 보여서 제가 태워 드린 거니 앞으로 술 적당히 드세요."

당황한 나는 감사하다는 인사와 함께 돈을 투척하고 황급하게 내렸다. 승용차를 택시로 착각하고 당당히 탄 것이다. 게다가 젊은 여자애가 술에 취해 호텔로 가자고 했으니 얼마나 황당했을까? 내가 좋은 분을 만났기에 망정이지 위험천만한 일이 생길 수도 있었다.

아저씨, 정말 하나님께서 복 많이 주실 거예요. 감사합니다.

술또라이 ②

술을 마시다 깜빡 잠이 들었다. 깨 보니 순댓국집에 나 혼자 덩그러니 앉아 있었다.

순간 화가 치밀어 올랐다. 분명 4명이 마시고 있었는데 이것들은 내가 취했는데 날 버리고 다 가 버렸단 말야? 그것도 남자들이 책임감도 없이!

혼자 순댓국을 마저 먹고 집으로 향했고 다음 날 일어나 잔소리를 쏟아부었다. 심지어 얼마나 심하게 넘어졌는지 무릎은 피투성이였다.

"여자가 술 취했는데 어떻게 다들 버리고 갈 수가 있어? 너무한 거 아냐?"

돌아온 친구의 답은 황당했다. "무슨 말이야. 내가 어제 너 집 앞에 데려다줬는데."

세상에 이게 무슨 말이란 말인가? 그렇다. 친구가 가자마자 난 혼자 순댓국집으로 향했고 가던 길에 자빠졌던 것이다. 그럼에도 불구하고 혼자 순댓국집에서 순댓국에 소주를 먹고 잠이 든 것이다. 심지어 자주 가던 곳도 아니었던 그곳에서. 그래 놓고 나를 버리고 갔다고 혼자 씩씩댔던 것이다. 그 이후로는 그 순댓국집에 가지 않는다.

술또라이 ③

나는 가끔 술에 취하면 이상한 기사도 정신이 나오곤 한다. 술 취한 사람들을 다 챙겨서 보내 주고 정작 나는 집에 어떻게 왔는지 기억도 나지 않는다. 다행인 건 기억이 안 나는 와중에도 집에는 잘도 찾아온 다는 것.

소개팅을 한 어느 날, 소개팅남은 내 페이스에 맞추겠다고 과음을 했고 결국 인사불성이 되었다. 그런 그를 버리고 갈수는 없어 택시에 태웠다. 그는 택시 안에서 곤히 잠들었고, 기사 아저씨가 말을 거셨다. "아가씨, 장녀죠?"

이 아저씨는 내가 장녀인 걸 어떻게 아셨을까?

"아가씨가 너무 책임감 있게 남자분 챙기는 거 보니 장녀인 것 같아서요"라는 아저씨의 말에 난 참 쓸데없는 책임감을 부리고 있다는 생각이 들었다. 내가 군이 소개팅남한테 책임감을 부릴 일인가 말이다. 그럼에도 불구하고 나는 그를 안전히 집까지 데려다주고 나서야 인사불성으로 집에 돌아왔다.

낮술의 묘미

남들이 일할 때 한껏 여유를 즐기며 마실 수 있다.

부러워하는 사람들의 시선 속에서. 종종 이상하게 보는 사람들이 있다는 것이 함정이지만.

해와 달을 보며 낮과 밤을 모두 즐길 수 있다.

나의 하루를 온전히 보내는 느낌이다. 중간중간 기억이 없다는 게 함정이지만.

남들보다 빨리 취해서 집에 갈 수 있다.

취해서 왔으니 불면증을 해결할 수 있다. 새벽에 깨서 못 잔다는 게 함정이지만.

나를 술 푸게 하는 인생

애주가의 멋

이별을 했는데 백수까지 되었다. 할 일은 없고 하루는 너무 길다.

나의 이별을 위로해 주겠다는 친구는 낮술을 제안했다. 여성여성 분위기 있는 낮술 타임?

브런치 카페에서 에그 베네딕트와 파스타에 와인을 마시는?

그것과는 너무 거리가 먼 순댓국에 소주로 스타트!

아저씨들이나 할 법한 일을 하며 우리는 스스로가 너무 멋있다고 생각했다. 이것이 바로 진정한 애주가의 멋 아니겠는가.

어차피 썩어 문드러질 몸

막내 작가 시절 너무나 광란의 밤을 보내고 싶어 하시는 메인 언니를 따라 나이트클럽을 간 적이 있었다. 20대 중반이었던 나는 40이 다 된 아저씨들(이제는 내 또래지만) 테이블에 가서 노는 것이 그렇게 따분할 수가 없었다. 반면 당시 40줄이던 메인 작가 언니는 너무 신이 나신 나머지 집에 갈 생각을 안 하셨다. 몸을 사리던 나에게 메인 작가 언니는 이렇게 말했다. "넌 젊은 애가 뭐 그리 보수적이니? 어차피 썩어 문드러질 몸 죽기 전에 불태워야지!"

하지만 난 알고 있다. 그 언니야말로 세상 보수적인 입 걸레, 몸 수녀였다는 것을. 언니의 욕구를 한껏 만족시키고 동이 트는 아침에야 집에 들어온 나는 그대로 기절해 버렸다. 그리고 언니도 2차는 무슨…. 아무 일도 없이 집으로 돌아갔다.

혼자 있고 싶지만 혼자 있기 싫어

힘든 일이 있을 때 우리는 혼자 있고 싶지만 한편으로는 혼자 있기 싫다. 혼자 생각이 필요하지만 이 힘든 감정을 누군가와 공유하고 싶기도 하기 때문이다. 그렇다고 누군가에게 나 너무 힘드니까 만나 달라고 말하고 싶지도 않다. 이런 날은 누군가가 어떻게 알았냐는 듯이 먼저 손을 내밀어 주었으면 좋겠다. 내가 반강제적으로 혼자 있지 않도록.

회식도 끼리끼리

분명 회식이라는 것은 모든 이들이 어우러져 얘기를 나누는 화기애애한 자리다. 자리도 돌아가면서 앉아 가며 대화 주제도 바꿔 가며. 그런데 어느 순간 보면 끼리끼리 앉아 있다. 술을 좋아하는 사람들끼리, 유부녀들끼리, 운동을 좋아하는 사람들끼리 등. 가장 눈여겨볼 끼리끼리는 꼰대 무리들. 나이가 들어 가면서 어느 순간 나는 막내 라인에 낄 수 없는 연배가 되었고(막내와 내가 띠 동갑 이상 차이가 나니) 꼰대는 아니지만 꼰대라 불리는 무리에서 술을 먹고 있는 나 자신을 발견한다. 나 때는 저러지 않았는데 요즘 애들은 다르다는 말을 남발하면서.

행복의 기준

어느 날 후배가 물었다. "언니는 행복하세요?"

처음 들어 보는 질문이라 갑자기 할 말을 잃었다.

하지만 난 이내 대답했다. "불행하지는 않은데 그럼 행복한 거 아닐까?"

행복의 반대말이 불행이라고 하기에는 간극이 너무 클지도 모른다. 하지만 적어도 난 지금 내 앞가림을 하고 살고 있고 특별히 아픈 곳도 없고 부모님도 건재하시니 행복한 편 아닐까?

나보다 못 벌고 아픈 사람들도 많으니 말이다. 행복의 기준치는 어느 곳에 비교하느냐에 달려 있다. 부자라고 모두 행복한 것은 아니고, 미남, 미녀라고 다 행복한 것은 아니다. 내가 부자보다 못 벌어서 불행하고 미남, 미녀가 아니라서 불행하다고 생각한다면 앞으로의 내 인생은 꾸준히 불행할지도 모른다. 행복의 기준을 높이는 건 나 자신의 마음가짐이다.

나는 40에 사춘기가 왔다

인생의 속도

'꽃보다 할배' 촬영을 할 때였다. 다리가 불편하셨던 백일섭 선생님께 서는 늘 모든 것을 가장 늦게 보셨다. 방송이 나갈 때마다 욕을 하는 사 람들도 있었다. 저렇게 다리가 불편한데 왜 같이 여행을 가서 다른 사 람들에게 불편함을 주냐고. 어딘가가 불편한 사람은 여행도 혼자만 다 녀야 한다는 것인가? 선생님은 다리가 불편하셔도 느리지만 항상 함께 하셨다.

샤프베르크 언덕을 오를 때 선생님께서는 이렇게 말씀하셨다.

"쉬엄쉬엄 하면 다 가."

그리고 정말 쉬엄쉬엄이지만 언덕을 끝까지 오르셨다.

치열한 삶을 사는 우리는 무조건 빨리 가서 목적지에 도달해야 한 다는 강박관념을 갖게 된다. 하지만 인생의 속도에는 누구나 다 차이 가 있다. 빨리 간다고 좋은 것만은 아니다. 쉬엄쉬엄 가도 그곳에 도착 할 수 있고 빨리 도착한 사람들과 다른 풍경을 느끼게 될 수도 있다. 프 리랜서의 고충인 백수 생활이 한 달 이상 길어지면 초조해지기 시작한다. 일이 계속 없는 것은 아닐까, 나만 도태되고 있는 건 아닐까. 그런 생각이 들 때마다 쉬엄쉬엄의 의미를 계속해서 떠올린다. 자신만의 속도로 인생을 사는 것도 인생의 한 길이다.

나는 40에 사춘기가 왔다

보통날

　매일매일 뉴스는 사건 사고들로 넘쳐난다. 크고 작은 교통사고부터 전 국민을 슬픔에 빠트린 대형 사고들까지. 생각지도 못한 이런 사건 사고들은 나뿐만 아니라 그 누군가에게도 언제 어떻게 찾아올지 모른다. 어쩌면 아무 일도 일어나지 않은 오늘이 일상의 반복이 아닌 행운의 반복일 수도 있다. 수많은 사건 사고들로 운명을 달리하신 분들과 지인분들께는 죄송하지만 나와 나의 지인들이 그 사건 사고에 껴 있지 않아 감사한 이기심이 들 때가 많다. 그래서 오늘도 무소식이 희소식인 보통의 하루에 감사하다.

결정의 책임

영화 '리틀 포레스트'에서 김태리는 다른 사람이 결정하는 삶은 살고 싶지 않다고 말한다. 따지고 보면 나도 다른 사람이 아닌 내가 결정한 삶을 살고 있다. 내가 국문과에 진학했을 때 부모님은 당연히 내가 학교 선생님의 길을 갈 것이라 생각하셨다. 나는 단 한 번도 그런 생각을 한 적도, 입 밖으로 그런 말을 꺼낸 적도 없는데 말이다. 내가 방송 작가를 하겠다고 선언했을 때 부모님은 탐탁지 않아 하셨다. 그도 그럴 것이 대부분의 부모님들에게는 안정적인 공무원의 삶이 최고이며 선도 많이 들어올 것이기 때문이다. 하지만 나는 꿋꿋이 방송 작가의 길을 선택했고 MBC아카데미에 들어갔다. 부모님도 나도 MBC아카데미를 들어가면 무조건 MBC 메인 프로그램에 취업할 수 있을 줄 알았다. 너무나도 무지했던 것이지. 내 첫 프로그램은 메인 방송사가 아닌 케이블 채널의 '연애불변의 법칙'(애인이 있는 남자가 다른 여성이 작업을 걸었을 때 넘어오느냐 안 넘어오느냐를 지켜보는 프로그램)이었고 자극적인 콘셉트의 이 프로그램을 차마 부모님께 보라고 말씀드리지 못했다. 내가 방송 작가가 되고도 꽤 오랫동안 부모님은 내가 다른 직업을 가지길 원하셨지만 나는 지루하게 책상에만 앉아 9 to 6를 지키는 공무원이나 직장인의 삶을 살 자신이 없었다. 부모님이 점차 포기할 때쯤 나는 꽤나 유명한 프로그램들을 하게 되었고 그제야 부모님도 친구들도 나를 자랑스러워하고 부러워했다. 하지만 방송국 일은 결코 녹록지 않았다. 밤을 새는 경우도 많았고, 주말을 반납하는 경우도 많았으며, 출연자와 장소가 펑크 나서 비상인 경우도 허다해서 누군가와 약속을 잡으면 늘 미안한 소리를 해야만 하는 날들이 많아졌다. 그런 나의 삶을 보며 친구들은 "그래도 너는 네가 하고 싶은 일을 하잖아"라는 말을 하곤 했다. 그렇다. 나는 내가 하고 싶은 일을 택했고, 하고 있다. 하지만 내가 하고 싶은 일이라 해서 힘들지 않은 건 아니다. 내 결정에 대한 책임을 무던히 지고 있을 뿐 누구나 자신의 결정에 대한 책임은 힘들다.

알리고 싶지만 몰랐으면…

직장 생활을 하며 출간을 했던 박상영 작가는 회사에 자신이 작가라는 사실을 숨겼다고 했다. 자신이 낸 책이 잘 팔렸으면 좋겠지만 자신의 내면이 속속들이 직장 동료들에게 밝혀지는 건 싫어서. 나도 같은 마음이다. 글을 쓰면서 많은 이들이 내 글에 공감하고 내 책이 베스트셀러가 되면(그럴 일은 없다고 보지만) 좋겠지만 나의 지인들에게 출간 소식을 알리는 건 너무나 부끄러울 것 같다. 뭔가 발가벗겨지는 기분이랄까. 심지어 내 글에 등장하는 나의 지인들은 누가 봐도 이 에피소드가 자신의 이야기라는 걸 직감하고 어이없어할 수도 있을 것이다. 실명을 밝히진 않았으니 고소는 안 하겠지? 혼자 있고 싶지만 혼자 있고 싶지 않은 기분처럼 알아줬으면 하지만 몰랐으면 싶은 아이러니한 습작이다.

미래 예측자들

나는 딱히 점과 별자리, 타로 카드로 나오는 미래를 믿지는 않는다. 하지만 호기심에 몇 번 가 본 적이 있다. 심지어 신점을 보러 간 적도 있다. 긴장감을 안고 처음으로 가 본 신점을 보는 집은 구석진 빌라 지하에 있었는데 입구부터 뭔가 서늘했다. 영화나 드라마에서나 보던 곳처럼 알 수 없는 신들의 조형물이 즐비한 곳에서 나보다 4~5살 어리고 신내림을 받은 지 얼마 안 되었다는 무당의 점을 보게 되었다. 궁금한 것을 물어보라는 그녀의 말에 나는 뻔한 질문밖에 생각나지 않았다. 일은 잘되나요? 가족은 건강한가요? 연애는 언제 하나요? 이 세 가지 질문을 하고 나니 더 이상 물을 거리가 생각나지 않았다. 사실 이 세 가지 질문에 대한 그녀의 답이 썩 믿음직스럽지 않아서 더 묻고 싶지 않았을지도 모른다. 그녀는 내 성향과 너무 다른 이야기들만 늘어놓았기 때문이다. 가족에 대한 얘기를 하던 그녀는 "집안에 약을 먹고 돌아가신 분이 있지?"라고 했고 금시초문이었던 나는 그런 분은 없다고 답했다. 그러자 그녀는 내가 모를 뿐이라며 그런 조상이 계실 거라고 했다.

추후에 부모님께 물어보니 그런 분이 없다더라. 혹시 부모님도 모르는 조상인가? 아무튼 그녀가 말을 할수록 신빙성은 떨어졌다. 내가 소개팅 하는 걸 싫어한다던데 나는 이미 소개팅에 익숙해져 수십 번의 소개팅을 한 상태였고 들어오는 소개팅을 거절하지도 않았으며 지금 몸담고 있는 직장에서 나가고 싶다고 했는데 나갈 마음도 없는 상태였기 때문이다. 내가 점점 리액션이 약해지고 질문을 하지 않자 그녀는 더 묻고 싶은 것이 없냐고 오히려 질문을 했다. 그러더니 "근데 언니를 보고 있으니까 내가 너무 피곤하다." 그녀 눈에도 내가 자신을 믿지 않고 있다는 것이 너무 보였나 보다. 얼마 전 엄마가 용한 집에서 점을 보고 왔다며 내 점괘를 얘기해 주셨다. 내가 생리통과 위경련이 심하고 30살에 결혼을 생각했던 남자가 있었단다. 지금의 나는 생리통이 거의 없고 웬만한 직장인은 다 있다는 역류성 식도염 증상이 조금 있을 뿐이며 30살에 어떤 남자를 만났는지 기억은 나지 않지만 결혼을 생각했던 적은 없었던 것 같다. 도대체 용한 집이 맞나 싶었다. 사실 이런 점과 운세를 본다는 건 마음의 답답함이 있어서 보는 것이다. 그리고 거기서 들은 얘기들 중 내가 믿고 싶은 것만 믿게 되어 있다. 운명을 미리 알수 있다면 세상에는 어떤 불행도 없을 것이다. 조심하라는 것은 조심해서 나쁠 건 없지만 맹신할 필요는 없다.

나는 40에 사춘기가 왔다

이해하려 들지 말자

매일 똑같은 날은 없다. 일주일을 돌이켜 보자. 일어나는 시간이 달랐고, 잠드는 시간이 달랐으며, 입는 옷이 달랐고, 먹은 것도 달랐다. 어떤 날은 칼퇴를 하기도, 어떤 날은 꽐라가 될 정도로 술을 마시기도, 어떤 날은 웃기도, 어떤 날은 울기도 했다. 이렇게 나 자신의 하루하루가 다른데 각기 다른 사람들이 함께 사는 하루는 얼마나 다를 것이며 그 사람들은 나와 얼마나 다를 것인가. 몇십 년을 붙어 지낸 가족도 서로 이해를 못 하는데 몇십 년을 떨어져 지낸 친구, 연인, 동료를 다 이해한다는 건 불가능하다. 그들을 다 이해하려 드는 건 나에게 오히려 큰 스트레스로 다가올 수 있다. 그러니 내가 매일 다른 하루를 살듯이 그들의 삶이 나와 다르다는 것을 이해하려 하지 말고 인정하자.

나를 술 푸게 하는 인생

에필로그

 살면서 책 한 번은 내 봐야지. 그래도 명색이 작가인데 책은 한 번 내 봐야지.

 꾸준히 생각하고 끄적인 것들이 많았지만 그것을 실천하기까지 이렇게 오랜 시간이 걸릴 줄은 몰랐다. 등단을 한 적도, 상을 받은 적도 없는 인생이지만 그래도 (글 쓰는 일은 거의 없지만) 작가는 작가인지라 수익금이고 화제성이고 다 떠나서 나만의 책을 한 번 내 보고 싶었다. 이 글에 등장하는 에피소드를 보고 자신이라고 확신하고 기분이 나쁠 지인들과 이 글을 보고 적잖이 충격을 받을지도 모르는 우리 가족들에게 심심한 위로를 먼저 전하며…. 그래도 평범한 듯지만 평범하게 살지 않았기에 이러한 에피소드가 있는 것 아니겠는가?

 누구보다 술을 좋아하는 애주가 글쟁이인 만큼 이 글을 읽는 이들도 기분이 좋거나 나쁠 때 술 한잔 푸면서 조금이나마 공감을 할 수 있기를. 우리를 술 푸게 하는 것들에 대하여. 매해 겪는 사춘기를 40에 또 겪고 있는 전국의 사십춘기 40들을 위하여.